나의 손이 내게 말했다

가장 사적인 한국 여행 02
경상남도 통영시

나의 손이 내게 말했다

이정화 에세이

차ㄴ口

프롤로그

10년 전 처음 통영에 갔다. 은사님이 동피랑 언덕에 있는 작업실을 빌려줘서 친구와 늦은 오후 통영행 버스를 탔다. 통영터미널에서 시내버스를 타고 중앙시장 근처에 내렸을 땐 밤 10시가 넘어 있었다. 늦은 시간인데도 주변 상점과 카페, 모텔 등에 불빛이 환했다. 동피랑 언덕으로 오르는 길목도 금방 눈에 띄었는데, 벽화마을이란 이름처럼 담벼락마다 울긋불긋 벽화가 그려져 있었다. 동피랑 길은 홍상수 영화에 나오는 나폴리모텔 주차장과 이어져 있었다. 배낭을 둘러메고 가파른 언덕을 친구와 천천히 올랐다. 낡은 집들 사이로 구불구불 난 돌계단을 오르니 파란 대문 집이 보였다. 열쇠를 꽂고 들어가자 마당과 대청마루, 방 두 칸을 갖춘 낡은 양옥집이 눈에 들어왔다. 마당 한가운데 수도가, 좌식 변기가 놓인 화장실이 마당 오른편에 있었다. 방에 들어가 불을 켜고 마루에 앉아서 정면을 바라보니 강구안 야경이 펼쳐졌다. '동양의 나폴리' 강구안. 나폴리항을 가 본 적 없으니 강구안이 그것과 닮았는지는 알 수 없었다. 나란히 정박해 있는 고깃배의 알전구가 밤바다를 훤하게 비추는 광경이 새삼스러웠다. 남쪽보다 더 멀리 떠나온 것 같았고, 이 시간 마루에 앉아 바람을 맞으며 밤바다를 보는 장면이 비현실적으로 느껴졌다. 통영으로 가는 버스를 타기 전까지 폭풍 마감을 하고 온 터라 갑자기 바뀐 이 장면이 더 아득했다. 내 머릿속으로도 고깃배의 노란 전구가 켜졌다. 차를 오래 탄 탓에 피곤함이 몰려들어 방에 들어가자마자 잠이 들었다.

당시 친구도 나도 여행 다닐 여유가 전혀 없었다. 친구는 야근이 많은 직장 생활을 하느라 바빴고, 내 경우 넉넉지 않은 살림에 프리랜서로 편집 일을 하며 공부를 이어가던 터라 피로와 잠 부족에 시달렸다. 통영에 온 것도 의뢰받은 그림책의 초안을 쓰기 위해서였다. 80년대 어느 아이의 일상을 소개하는 그림책이었다. 아이의 생활을 통해 '응답하라 1984'의 시대와 문화를 소개하는 그림책 이야기 도감이 콘셉트였다. 스토리도 그렇지만 구성을 어떻게 해야 할지 모르겠어서 열 살 남짓 찍은 내 어릴 적 사진들과 스케치북, 풀과 미술 연필 등속을 가방에 쑤셔 넣고 온 참이었다. 일을 핑계로 오랜만에 도시에서 벗어났지만 여행의 설렘보다 처음 써 보는 그림책에 대한 부담이 컸다. 공짜로 얻은 숙소, 동행해 줄 친구가 있어서 용기 내 나선 깍두기 같은 일주일간의 여행이었다.

여행 기간 동안 나는 글을 쓰기 위해 도서관에 가고, 친구는 통영 여기저기 구경하기로 했다. 도서관에서 저녁까지 그림책 작업을 하고 친구를 만나 저녁 시간을 함께 보내는 일정이었다. 아침에 일어나 친구가 내려 준 커피를 마시고 강구안에서 버스로 10분 정도 걸리는 통영도서관으로 향했다. 중앙시장에서 버스를 타면 좁은 도로로 몇 정거장쯤 가다, 동백나무가 좌우로 심긴 낡은 다리를 건넜다 싶으면 도서관에 도착했다. 지금은 그곳이 봉숫골인 걸 알지만 그때는 동네 이름도 몰랐다. 버스 안내에서 통영고등학교라고 나오면 내리는 식이었다. 도서관 옆에는 중고등학교가 있었고, 맞은편에는 문방구, 떡집 등 낡은 상점 등이 있었다. 버스에서 본 통영의 동네들은 하나같이 낡았지만 서울이나 경기 변두리 동네처럼 가난해 보이지 않았다. 바다를 낀 마을 풍경은 멀리서 보기에는 정겹고 운치 있어 보일 따름이었다. 서울이나 경기도는 높고 반듯한 새 건물과 낮고 낡은 건물이 대비되는데, 여기는 죄다 낮고 낡은 건물에 흰색이나 파란색 페인트가 나름 어울리게 칠해져 있어 바다의 푸른빛과 조화를 이루었다. 가로수로 심긴 윤기 나는 울창한 동백나무 잎이 빛을 받아 싱싱해 보였다.

평일이라 그런지 도서관은 한산했다. 어린이책 코너에 자리를 잡았다. 그림책 작업은 생소했다. 평소 그림책을 읽지 않은 터라 뭘 읽어야 할지, 무슨 책이 도움이 될지 정보도 없었다. 기자로 편집자로 일하며 다양한 글을 써 오긴 했지만 그림책과 관련한 글에 도전한 건 이번이 처음이었다. 그런데 도통 집중이 되지 않았다. 무작정 써야 한다는 생각만 가지고 와서 그런지 조급함만 생겼다. 그 시기 나는 일도 생활도 불안정해 땅에 발을 붙이지 못하고 둥둥 떠서 살았다. 뒤늦게 시작한 공부는 너무 이상적이었고, 그에 비해 내 생활은 너무 현실적이었다. 그 사이를 조율하지 못해 갈대처럼 이리저리 휘어졌다. 어느 때는 대학원에 가고 싶다가 어느 때는 정규직이 되고 싶다가 어느 때는 은둔자로 살아가고 싶었다. 이루고 싶은 건 많았지만 그것을 성취할 근력이 부족했다. 그러니 그림책을 쓰려고 앉아 있는 자신이 어색할 수밖에 없었다. 그저 무슨 일이 있어도 일주일 안에 그림책 하나 써서 서울로 올라가리라 하는 의지만 있었다. 마음이 머물지 않은 자리에 머리로만 글이 쓰일 리 없었다. 읽지도 쓰지도 못한 채 서성이다 저녁이 되어 버렸고, 풀이 죽은 채 친구를 만나러 숙소로 가는 버스를 탔다.

다음 날에도 도서관에 갔다. 오늘도 어린이책 코너에는 나혼자였다. 오늘은 서가에 꽂힌 그림책을 몇 권 골라 읽기로 했다. 한두 권씩 꺼내 읽다 보니 생각보다 재미있을 뿐 아니라 글도 그림도 엄청나다고 여겨지는 그림책들이 있었다. 그중에서도 감탄하며 읽은 그림책이 철학자 존 페트릭 루이스가 사행시를 쓰고 로베르트 인노첸티가 그림을 그린 『그 집 이야기』다. 20세기, 100년이라는 긴 시간 동안 이탈리아의 한 농가에서 벌어진 굵직한 사건들을 배경으로 사람과 자연과 공간이 어떻게 살아가고 변해 갔는지, 그들의 진짜 삶이 어떠했는지를 들려주는 구성이었다. 그림책 한 권에 100년의 시간을 오롯이 담다니, 두 작가가 쓰고 그린 창작물에는 그야말로 '진짜 역사'가 숨 쉬고 있었다. 아름다웠다. 감동에 차 읽으며 그림책이란 장르가 대단하다는 걸 깨달았다. 빼어난 글이 빼어난 그림을 만나면 읽는 이에게 잊을 수 없는 심상과 울림을 전달하는구나. 그림책은 아이들만을 위한 책이 결코 아니구나. 서가에 꽂힌 그림책들을 한 권 한 권 읽으며 나 자신이 부끄러웠다. 책을 쓸 기회만 잡고 싶어서 기본기도 채우지 않은 채 글을 쓰려는 나는 출발부터 순수하지 않은 걸 알게 되었다. 뭔가 잘못되었다. 나는 '잘' 살고 있지 않다.

　다음 날에도 도서관에 갔다. 여전히 사람이 없었다. 평일 오전 시간에는 아이들이 학교에 있을 터이니 도서관이 휑한 게 당연했다. 화창한 날이었다. 어느 드라마 제목처럼 '창밖에는 태양이 빛났다.' 책장에 꽂힌 책들 사이로 햇살이 들어왔다. 도서관 앞마당 옆 벤치에 앉아 커피를 마시며 땅을 밟고 있는 나의 운동화를 쳐다보았다. 속이 휑했다. 내게 주어진 이 시간이 불안했다. 내 것이 아닌 것 같았다. 은사에게 글을 쓰겠다 하고 작업실을 빌렸지만 그림책을 쓰러 온 것이 핑계 같았다. 글을 한 줄도 쓰지 못했다. 여행이지만 여행하러 온 것도 아니었다. 나는 왜 이러고 있는 걸까. 글을 쓰러 온 걸까. 쉬러 온 걸까. 어느 것도 아닌 상태. 두고 온 사람들, 해야 할 일, 풀어야 할 갈등 등 머릿속에 번뇌가 가득 찼다. 누가 등을 떠미는 것도 아닌데 나는 왜 이리 조급하고 쫓기듯 사는 걸까. 무엇을 붙잡고 싶어 이러는 걸까. 아, 다 포기하고 싶다. 도망치고 싶다. 그렇게 또 날이 저물었다. 저녁에 친구를 만났다. 친구는 마리나리조트 근처 바닷가를 맨발로 걷다 왔다고 했다. 저녁 찬거리를 사러 우리는 시장 안으로 들어갔다.

놀라운 광경이었다. 시장 입구부터 커다란 고무 다라이에 고기며 멍게며 해산물을 가득 담아 놓고, 아주머니들이 열을 맞추어 빙 둘러앉아 분주히 움직이고 있었다. 커다란 나무 도마와 칼을 펼쳐 놓고, 손으로는 재빠르게 해산물과 고기를 손질하면서 눈으로는 손님을 쳐다보고 오이소, 싸게 줄게 하며 소리 지르고 있었다. 그 주변으로 고기를 사려는 외지인들과 물건을 옮기는 상인들이 오갔다. 시장은 도마를 탁탁 치며 고기 손질하는 소리, 손님을 부르는 아주머니들의 사투리, 첨벙거리는 물소리가 뒤섞여 빠르고 바쁘고 질서 있게 삶으로 요동치고 있었다. 나는 그 광경에 넋을 빼앗기고 말았다. 그 모든 광경을 얼음 자세로 선 채 하염없이 바라보았다. 안에서는 어떤 감정이 올라와 심장을 툭툭 쳐 대고 있었다. 특히 규칙적이고 날렵한 손놀림으로 멍게를 다듬고, 생선 내장을 바르고, 회를 치는 와중에도 미소를 잃지 않는 아주머니들의 모습을 보면서 누군가 내게 바닷물이라도 끼얹은 듯, 정신이 번쩍 들었다. 진짜 삶! 몸으로 살아가는 진짜 삶이다. 머릿속에 꽉 들어찬 상념이 연기처럼 대기로 퍼지는 것 같았다. 눈을 감으니 양쪽 눈이 시큰했다. 넋 놓고 보느라 눈 깜박이는 것도 잊었나 보다. 잠시 후 손에 비닐봉지를 든 친구가 걸어왔다.

햇반 두 개를 사서 친구와 동피랑 언덕을 천천히 올라 파란 대문 집 문을 열었다. 이날 비로소 우리의 마당이 펼쳐졌다. 친구가 휴대용 가스레인지와 프라이팬을 마당으로 가져와 기름을 두르고 시장에서 사 온 고등어를 구웠다. 토막을 친 고등어가 연기를 내며 갈색으로 익어갈 때마다 고소한 비린내가 마당을 채웠다. 생선 비린내를 맡으니 더 허기가 졌다. 햇반과 초고추장, 멍게를 넣어 비빔밥도 만들었다. 마루에 마주 보고 걸터앉아 멍게 비빔밥과 고등어 구이를 먹으며 맥주를 마셨다. 태어나 생선 구이라는 걸 처음 먹어 본 사람처럼 허겁지겁 입으로 집어 날랐다. 멍게 비빔밥은 생전 처음 먹어 봤다. 초고추장의 매운 내와 멍게의 바다 내음이 입안에 퍼져 버무려지니 감칠맛이 폭발했다. 지난 3일간 묵직하던 머리가 맑아지고 취기에 섞여 우울감도 풀어지면서 비로소 여행을 즐기는 기분이 났다. 맥주를 마시며 바라보는 강구안 밤바다가 어느 날보다 근사해 보였다. 가 보지 않은 나폴리 해안처럼. 바다가 제대로 눈에 들어왔다. 우리는 오래오래 바다를 바라보았다. 언제 잠들었는지 기억도 나지 않는다.

다음 날부터 도서관에 가지 않았다. 대신 친구와 통영 이곳저곳을 걸어 다니며 놀았다. 세병관에 들어가 널찍한 마루에 다리 뻗고 앉아 책을 읽다가 일렁이는 바다를 바라보았고, 서피랑에 건너가 박경리 선생 생가를 기웃거리고, 한글학교 어르신들이 한글을 배워 쓴 시들을 읽었다. 장사한 지 20년도 넘었다는 분식집에서 떡볶이와 국물에 묻힌 치킨을 이쑤시개에 찍어 먹었다. 서호시장을 끼며 바닷가를 걷다가 카페에 들어가 커피를 마시며 뭉친 다리를 풀었다. 강구안을 걷다가 쥐포를 사서 바닷가에 앉아 바람을 맞으며 캔맥주와 함께 먹었다. 서피랑 일대 인적 드문 골목길 구석구석을 걸어 다니며 바닷가 마을 사람들의 일상을 상상했다.

노는 마음으로 여행지를 걷다 보니 애초 이곳에 온 이유를 알 것 같았다.

지친 내 몸이 쉴 곳을 찾아온 것이다. 지금 뭔가 바삐 해야 할 때가 아니라 쉬어야 할 때임을 몸이 알려 주려고 나를 여기로 이끌었다. 너는 지금 발이 땅에 닿지 않을 만큼 떠 있단다. 우리는 발을 디디고 걸어야 한단다. 뭘 해야 할지 모르겠고, 삶이 즐겁지 않을 때는 일을 하는 게 아니라 쉬어야 한단다.

짐을 꾸려 파란 대문 집을 나올 때 몸은 한결 회복되어 있었다. 서울에 올라가 출판사 대표를 만났다. 내게 그림책은 그렇게 멀어졌지만 이후 그림책 읽기를 좋아하게 되었다. 더욱이 작년에는 그림책 한 권을 내 손으로 창작했으니, 이 모두는 통영 여행이 준 선물이다.

시간이 흐른 어느 여름, 호재(내 남편이다.)와 통영 강구안을 다시 찾았다. 은사님의 동피랑 작업실은 없어진 지 오래였다. 동피랑 근처 나폴리모텔에 여장을 풀었다. 방 키를 주면서 주인이 여기 묵으면 옆집 꿀빵을 할인해서 살 수 있다고 친절하게 알려 주었다. 모텔은 깔끔했고 창문 밖으로 바다가 한눈에 보여 뷰가 좋았다. 숙소 안 통창으로 강구안 바다를 다시 보니 반가움과 함께 오래전 이곳에 온 그때가 떠올랐다. 그때 잔뜩 물고 있던 상념의 일부는 지금 내게 중요하지 않게 되었고, 일부는 해결이 되었고, 일부는 여전히 짊어지고 있었다. 사는 건 언제나 대부분 호락호락하지 않지만 이번에는 정말 바다만 보러 왔다. 쉬고 걷고 먹고 멍때리기 위해 왔으니 이전보다 가볍다. 1박만 하는 짧은 일정이지만 오랜만에 얻은 휴가라 마음이 들떴다. 올라가 처리해야 할 일이 많아도 마냥 즐거웠고, 강구안 바닷가를 걷는 것만으로도 피로가 풀리는 듯했다. 중앙시장을 다시 찾았다. 이번엔 멍하니 바라보기만 한 것이 아니라 주변을 돌며 회와 해산물을 직접 샀다. 회를 사서 가져가면 먹을 수 있게 상을 차려 주는 가게에 들어가 푸짐한 바다 음식을 먹었다. 하루 더 놀다 갔으면 싶었다.

　이후 우리는 통영을 자주 찾게 되었다. 특별한 일 없어도 짬이 나면 통영에 가서 1박이든 2박이든 하면서 산에도 가고 바다에도 가고 섬에도 갔다. 지리산에 들렀다가 통영에 들르고, 부산에 갔다가 통영에 들르고, 남해에 갔다가 통영에 들르다 보니 통영이 어느새 고향처럼 가깝게 느껴졌다. 통영을 오가며 먹고 자고 쉬는 것이 일하는 것만큼이나 중요하다는 걸 알게 되었다. 그리고 새롭게 깨달은 한 가지. 자연을 바라보면 내 마음 상태가 어떤지 알 수 있다는 것이다. 일과 생활에 쫓겨 살면 몸의 감각이 둔해지는데 자연으로 들어가면 주눅 든 마음의 근육이 기운을 찾는 듯하다. 마음 근육이 유연해지면 옆 사람에게 다정해지고, 나 자신에게도 너그러워지는 것 같다. 집 나간 긍정이 화 풀고 다시 돌아온 것 같다고 할까. 내 경우 나의 손이 생기를 되찾는 것 같다. 통영에 내려갈 때 스케치 도구를 챙기기도 하고, 뜨개질감을 가져가기도 하고, 글을 쓰기 위한 노트북을 챙기거나 평소 읽고 싶은 책을 가방에 넣기도 한다. 통영에 있는 시간 동안 자꾸 손으로 뭔가 하고 싶어진다. 자연스럽게 손으로 할 만한 걸 찾게 된다. 그리고 통영에 가면 바다를 오래 본다. 바다를 보면 내 몸과 마음의 현재가 좀 더 잘 보여서인 것 같다.

바다를 보는데 바다가 아름답지 않으면 내가 지쳐 있음을 알 수 있다.

바다를 보는데 바다가 보이지 않고 삶이 보이면 내가 메마른 어른인 걸 느낀다.

바다를 보는데 옛 생각이 나면 생각을 멈추고 눈과 귀를 열어야 한다.

바다를 보는데 누군가 그리우면 그 자리에서 그를 향해 손을 흔들면 된다.

이 책은 우리 은하계 지구인으로서 살아가며 팬데믹 위기와 변화를 겪다가, 우연히 들른 통영에 반한 앨리스(내 닉네임이다.)가, '봉수아'를 '짓'고 5년간 오가며 보고 듣고 느낀 것들을 기록한 마음 일기다. 가족인 듯 가족 아닌 가족 같은 너 님들과 함께한 시간을 회상한 사진첩이다. 그림책 작가를 꿈꾸며 애써 온 열정 기록집이고, 편집자로서 만든 책들 속에서 내가 영향받은 작가와 책들에 관한 사적인 리뷰다. 이 책은 매번 작거나 크게 덮치는 실패로 힘겨워하는 누군가에게, 반복되는 일과에 눌려 어깨가 묵직해진 누군가에게 나도 그렇다고 오지랖 부리는 너스레고, 일하느라 일상을 배우지 못한 생활 바보에게 나도 그렇다고 머쓱하게 내미는 하이파이브다. 그리고 아픈 시기를 견디는 모든 이들에게 나도 그렇다고, 그러니 힘들면 힘 내지 말고 힘이 나면 힘내자고 건네는 고백이다.

한마디로 이 책은 그리운 누군가에게 손을 흔드는 이야기다.

차례

1부 봉수아,
통영

왕벚꽃

꽃을 좋아하지 않았다. 피었다 빨리 지는 양이 쓸쓸해 보여서인지, 꽃 선물을 받았을 때 안 좋은 기억이 있어선지 모르겠지만 내게 꽃은 사치에 가까웠다. 봄을 몇십 년이나 지나왔지만 거리마다 화사하게 피는 목련도, 진달래도 흘려 버리는 배경에 가까울 뿐 내 시선은 상념에 머물러 있었다. 꽃이 핀 나무 아래를 걸어갈 때도 나는 늘 다른 자리, 혹은 과거 어떤 기억에서 서성였다. 벚꽃이 흐드러지고 철쭉이 무더기로 피어 있는 곳은 내 몫의 밝기가 아닌 것만 같아 황급히 자리를 뜬 기억이 난다. 선물할 꽃을 사러 꽃집에 들어가서도 꽃보다는 잎이 무성한 식물을 택했다. 잎은 오래갈 테고 덜 시들겠지 하는 마음에. 그런데 몇 해 전부터 꽃이 눈에 들어온다. 나이 탓인지, 마음에 여유가 생긴 탓인지 잘 모르겠다.

통영 봉숫골에서 왕벚꽃을 만난 날, 빨간머리 앤을 떠올렸다. 앤이 기차역에서 매슈를 기다리던 첫 장면. 매슈를 만나자마자 앤은 벚꽃 이야기를 한다. 당신이 오지 않으면 나는 이 벚꽃 나무에 올라가 잠을 자려 했다고, 꽃 이름도 생각했다고, 눈의 여왕님. 매슈의 마차를 타고 초록지붕집으로 가는 길에서도 앤은 눈의 여왕님과 대화를 나눈다. 양팔을 활짝 벌리고 환희에 가득 차서 머릿속에서는 이미 흰 드레스를 입고 여왕을 알현한다. 봉숫골 벚꽃 거리 양편으로 왕벚꽃 나무가 함박눈처럼 맺혀 있는 모습을 보며 눈의 여왕님을 만난 듯 환희심을 느꼈다. 왕벚꽃 여왕님, 만나서 반가워요. 당신은 어쩌면 이렇게도 화사한가요. 마음이 앤처럼 부풀어 오르는 듯해, 미소를 머금고 벚꽃길이 시작되는 아래 길목부터 용화사 입구까지 느긋하게 걸었다. 하늘은 청명하고 사람들은 흥이 넘쳐 와자지껄하다.

벚꽃이 통영에서만 피는 건 아니지만, 남쪽에서 꽃을 보고 서울로 올라가면 푸릇푸릇한 잎만 무성하다 한 주 뒤 본격적으로 꽃이 피는 걸 본다. 그래서 통영에서 벚꽃을 보고 또 서울에서 꽃구경을 하며 봄이 내내 꽃과 함께 흘러간다. 남쪽서 부는 바람을 타고 꽃이 경기도로 서울로 상경하는 것 같다. 요즘은 꽃이 어김없이 피는 양이 그저 기특하고 고맙다. 당연하게 누리던 호사가 이제 당연하지 않게 되어서 더욱 그렇다. 그 당연한 시절에 나는 꽃에 참 인색했다. 나의 꽃시절엔 자연이 머물 자리 없이 번잡하게만 지내온 것 같다. 지금도 꽃을 보는 게 자연스럽지 않지만 연습하는 심정으로 '꽃'만 바라보려 애쓴다.

꽃을 감상할 줄 모르는 내게 통영은 벚꽃을 선물로 준다. 그 호사는 부담스럽지 않게 기꺼이 받으려 한다. 그동안 꽃을 볼 줄 모르던 내게는 큰 변화다. 꽃이 빨리 지는 것도 이제는 납득이 된다. 사라져 없어지는 것이 아니라 무성한 푸른 잎으로, 열매로 영글다 해가 지나 다시 꽃으로 돌아올 것을 알게 되었으니까. 짧게 왔다 가는 것도 즐길 수 있게 된 여유가 내게 조금 생긴 것 같다. 피다가 지고 지다가 머물고 머물다 다시 피는 때가 오겠지. 자연이 내민 분홍 선물을 기쁘게 받아도 그것이 내게 부담스러운 빚이 아니라는 거, 벚꽃이 핀 거리를 걷는 내 마음에 상념이 스며도 피할 풍경이 아니라는 걸 알겠다.

꽃에 관한 기억은 초등학생 때다. 선생님이 과제로 학교 뒷산에 가서 플라나리아를 잡아 오라며 조를 짜 주었다. 그때 반 친구들과 산에 올라가 실개울에서 플라나리아를 잡았는데, 한 친구가 아카시아 꽃잎을 건넸다. 맛있다는 거다. 한 잎 받아 혀끝으로 맛을 보았는데 단맛이 났다. 내기하듯 한 잎 두 잎 꽃잎을 따서 먹었고, 어느 순간 너나 할 것 없이 나무에 우르르 달려들어 각자 구역을 맡고 한 움큼 아카시아 꽃잎을 따서 팝콘을 먹듯, 나무 한 그루 잎을 모두 따 먹을 기세로 입에 욱여 넣었다. 입안 가득 꽃잎을 넣고 씹으면 향긋하고 고소한 꽃 맛이 났고 향기가 은은하게 코끝으로 퍼졌다. 마주 보고 킥킥거리며 얼마나 많은 꽃을 따 먹었는지. 그러다 어딘가에서 부스럭 소리가 났고, 우리는 보고 말았다. '바바리맨'이었다. 그 상황이 무엇인지, 그가 왜 알몸인지 영문도 모른 채 손에 든 아카시아 꽃잎을 팽개치고는 으악 고함을 지르며 허겁지겁 산을 내려온 기억이 난다. 두메산골 아이들 이야기 같지만 변두리 서울 가난한 동네에서 일어난 에피소드다.

이어지는 꽃의 기억. 초등학교 시절 반마다 에어컨을 설치한다고 학급 임원을 불러 모은 선생님이 엄마를 모셔 오라 했다. 다음 날 엄마들이 학교에 와서 선생님의 이야기를 들은 후 각자 얼마씩 내자 의견을 모으고, 그날 참석하지 않은 임원 어머니들과 상의하기 위해 가정 방문을 했다. 학교를 기준으로 위로 산동네, 아래로 아랫동네였는데 그 집이나 이 집이나 옹색하긴 매한가지였지만 윗동네가 더 가난했다. 임원 어머니들은 우리 가게에 와서 학교에 오지 않은 엄마와 상의를 한 뒤 같이 반장네 집으로 가자고 청했다. 나도 동행했다. 늦봄인데 비탈을 오르니 땀이 났고 집 앞에 도착해 문을 두드리니 반장이 나왔다. 반장은 어른들 사이에 있는 나를 발견하고는 얼굴이 빨개졌다. 엄마 계시니? 얼버무리는 반장의 말끝이 끝나기 전에 어른들이 집으로 들어갔는데 반장네는 어느 집 다락이었다. 누군가 사는 집 한편에 다락으로 오르는 계단이 있었고, 계단을 오르니 위태롭게 정리된 세간과 어린 동생을 안은 반장 엄마가 보였다. 어쩌다 나는 그 집까지 올라갔을까. 한 가정이 사는 집 다락에 다른 한 가정이 세 들어 사는 모습. 어른들을 배웅하는 반장 얼굴에서 분하다는 표정을 본 것 같다. 집으로 가는 길에 어딘가에서 라일락 향기가 날아왔다. 초여름을 예고하는 시원한 바람과 함께 날아온 라일락 향. 청량한 향을 맡으면서도 반장의 상기된 얼굴이 아른거렸다.

이런저런 기억 때문인지 꽃은 내게 찰나의 향기 안에 위태로운 예감을 실어다 주는 매개로 여겨져 오랫동안 온전히 감상하지도, 즐기지도 못하게 된 것 같다. 누구 사정도 모르고 저만 화려한 것 같아서, 꽃을 즐기는 데에도 특권 같은 게 있는 것 같아서 꽃을 보면 어쩐지 서글퍼지곤 했다. 봉숫골 길목 좌우로 길게 넘치게 피어 있는 왕벚꽃을 보며 이제야 내 눈에도 꽃이 보이는 것이 반갑다. 내 마음의 개화가 이제 비로소 시작된 것 같다.

용화사

친구는 통영에 머무는 열흘간 매일 용화사 대웅전에서 108배를 했다. 친구가 108배를 하는 동안 나는 절 주변을 돌아다니거나 대웅전 문턱에서 미륵산 너머를 바라보았다. 절간에 앉아 풍경을 감상하면 머리가 맑아진다. 날씨가 좋으면 미륵산 산세가 뚜렷이 보이고, 날이 흐리거나 비가 오면 산 너머로 물안개가 피어 느릿느릿 산을 타는 모양을 볼 수 있다. 이름을 알지 못하는 새가 또로로로 휘파람을 불고 있다. 절은 친구와 나 둘만 있는 것마냥 조용하다. 시간도 느리게 간다. 108일간 108배를 하겠다는 친구의 서원을 나는 따라 하지 못하겠다. 그저 절을 하는 친구의 모습을 지켜보고 대웅전 곁문 옆 끄트머리에 앉아 미륵산을 바라보는 것밖

에는. 나의 서원은 긴장을 푸는 것이다. 빳빳한 어깨를 풀고 생각
을 멈추고 잘 먹고 잘 자기. 내가 제일 못하는 것들을 이곳에서 하
고 싶다.

　도시에서는 숨만 쉬어도 돈이 드는데 친구는 코로나 영향으
로 일이 끊겨 본업을 하지 못하고 있다. 나는 일이 많아 지쳐 있
다. 처리해야 할 잡무들, 마감 기일을 지켜야 하는 책들. 넘쳐나는
일들 속에서 내 속은 번아웃. 용화사에 함께 있지만 우리의 속사
정은 다르다. 우리는 서로 다른 속내를 안고 여행한다. 재택을 하
면서 나의 피로감은 조금 줄었다. 끔찍한 출퇴근 지옥철에서 놓
여나고, 대면 미팅이 줄고, 밀린 집안일을 하며 일하니 그간 내가

얼마나 일상을 챙기지 못했는지 깨닫게 된다. 일이 없는 시간에 친구는 명상을 하고 산책을 하고 무염식을 한다. 아르바이트를 하며 부족한 생활비를 충당한다. 이번 여행에서 친구에게 투정 부리지 않으려고 나는 내 속을 참는다. 친구도 나를 위해 제 속을 참는다. 우리는 용화사 주변을 느릿느릿 걸으며 무엇을 할지, 저녁에 뭐 먹을지 이야기한다.

용화사 주변을 산책하는 방법은 두 가지. 하나는 산길을 걷다가 용화사에 들러 하산하는 것이고, 하나는 용화사에 먼저 들렀다가 산길을 오르는 것인데 소요 시간은 두 편 다 비슷하다. 미륵산까지 올라가서 편백나무 숲길을 걷는 코스를 추가하면 한 시간 정도 더 걸린다. 미륵산까지 오르는 길목을 택하면 통영 앞바다가 훤히 내보이는 '꿀 뷰'가 선물로 주어진다. 나는 주로 산길로 진입해 동백나무를 끼고 걷다가 용화사 대웅전에 잠시 앉았다 오는 코스를 취한다. 내 체력에 적합한 경로라서 그렇기도 하고, 용화사를 마침표로 찍고 산책을 정리하는 편이 홀가분해서도 그렇다. 용화사는 일주문부터 옛터의 흔적을 보존하고 있다. 큰 절은 아니지만 대웅전을 위시로 위엄과 자비를 지닌 공간미가 느껴진다. 용화사보다 오래오래 산 미륵산이 숲과 절을 곱게 지켜 준 것 같다. 용화사에 오면 박경리 선생의 소설 속 여인들이 떠오른다. 생활력 강한 불꽃 같은 여인들. 가난과 설움에 무너지지 않는 그들. 용화사에 들렀을 소설가 박경리를 생각한다. 어떤 삶을 살았기에 그토록 장구하고 질긴 소설을 쓸 수 있었을까.

용화사를 나와 봉숫골로 걸음을 옮긴다. 굵기가 엄청난, 용화사만큼 오래된 노송이 세월의 흐름처럼 휘어져 우렁차게 뻗어 있다. 인간이 알아채지 못하는 사이 나무는 자라 휘어지고 하늘을 향해 가지를 뻗으며 시간의 조형을 완성시키고 있다. 우리가 눈치채지 못하는 사이 우리 자신도 우리의 관계도 조금씩 다른 풍경을 만들고 있다. 코로나로 봉쇄된 몇 년간 사정이 다른 환경을 경험한 우리는 서로 다른 진화와 적응 방식을 택했다. 유연해지든 강직해지든 섣불리 비판하기 어려운 속사정이 생겨 버렸다. 꼰대가 되거나 광대가 되거나 나로 살기 어려운 건 마찬가지다. 나 자신으로 살고 싶다. 그런데 나 자신으로 살고 싶다는 의지만 남아 있지 그럴 때 어떤 만족감이 드는지 모르겠다. 그 상태를 우선 경험해야 할 것 같다. 현재의 감각을 되찾고 싶다. 귀를 열어본다. 매미 소리, 새 소리, 물 흐르는 소리가 들린다. 잠시 눈을 감는다.

산양읍 근처에 놀러 갔다가 박경리기념관에 들렀다. 일전에 봉숫골에서 맛있게 먹은 일봉냉면 집이 이곳으로 이사를 했다 해 일부러 찾아와 냉면 한 그릇을 비운 참이었다. 산양읍은 통영에서 산세 좋고 지세 좋기로 이름난 곳이라 한다. 아닌 게 아니라 한적한 동네며 깨끗한 산세며 모든 것이 참 넉넉해 보이는 읍이었다. 박경리기념관 1층에는 어르신들이 운영하는 베이커리 카페

가 있고, 2층 기념관에 들어가면 작가의 생전 모습을 찍은 사진이
며, 원고지에 펜으로 쓴 소설 원본이며, 누군가와 주고받은 편지
며, 지나간 행적과 작품의 집필 과정 등을 아카이빙한 자료들을
볼 수 있다. 원주에 사실 때나 통영에 사실 때나 작가는 외부 활동
을 거의 하지 않고 방석이 놓인 앉은뱅이책상에 앉아 집필에만
집중했다고 한다. 사회 활동을 하지 않는다는 원성에도 흔들림
없이 창작에 매진했기에 불멸의 작품들을 쓰고, 토지기념관에 후
배들을 위한 집필실을 마련해 줄 수 있었을 것이다. 박경리가 통
영을 배경으로 쓴 『김약국의 딸들』을 사서는 기념관 앞마당으로
내려와 벤치에 앉아 책을 펼쳤다. 너른 시야에 바다와 산과 하늘

이 모두 담긴다. 이곳은 참 평화롭고 고요한 곳이구나. 중얼거리며 첫 장부터 읽어 나간다.

이 책에 봉숫골도 나오고 용화사도 나온다. 삶의 곡절을 겪을 때마다 통영의 여인들은 용화사에 들러 부처님께 치성을 드린다. 남편이 속을 썩이고 자식이 걱정될 때도 그녀들은 미륵산에 올라 정성스레 기도하며 기구한 삶을 이겨 나간다. 김약국의 딸들은 저마다 치열하게 살다 불행 속에 스러지는데, 작가는 소설 속 그들의 삶을 매정할 정도로 사실적으로 묘사한다. 정에 흔들려 누군가를 길게 쓰지도 진한 애정을 불어넣지도 않고, 통영을 살다 간 한 시절 무명의 여인들을 그려내듯 김약국의 딸들도 봄 지나 여름, 가을 지나 겨울 오듯 기쁘게 슬프게 분하게 애절하게 시간 속에서 퇴화한다. 하루 만에 밤새워 책을 읽고 나서 작가를 잠시 생각했다. 늦은 새벽까지 글을 쓰다 짧게 눈을 붙이고 이른 아침 어떤 억울함이 떠올라서 봉숫골에 올라, 용화사 일주문을 지나, 대웅전 안에 신을 벗고 들어가 방석을 깔고 법당에 절을 올리는 박경리를 상상한다. 절을 하고 법당 밖을 거닐며 미륵산을 바라보는 작가를 상상한다. 용화사를 거닐며 이곳을 거쳐 간 그의 흔적을 생각한다. 살아가는 이도 살다 간 이도 절의 흙을 밟고 각자 짊어진 삶의 무게를 안고 절을 올렸을 거다. 그리고 법당 안에서 잠시 눈길을 돌려 처마 너머 산허리를 바라보았을 거다. 지금 너와 나처럼.

피아노

아이는 초등학생 때부터 피아노를 좋아했고, 중학교 다니는 내내 피아노를 치더니, 고등학교에 입학하자 피아노를 전공하겠다고 선언했다. 음대 입시가 쉽지 않아 만류하고 싶었다. 아이는 지금 해 보지 않으면 후회할 것 같다고 했다. 그래서 승낙했다. 이후 아이는 하루 네 시간 이상 피아노를 치고 레슨을 받고 꾸준히 실력을 늘리더니, 고등학교 3학년 1학기가 끝날 무렵 돌연히 음대에 가지 않겠다고 했다. 피아노를 업으로 하면 더 이상 피아노를 좋아하지 않을 것 같다고. 다른 이유도 있겠지만, 이 말이 나를 설득했다. 본인이 가장 좋아하는 걸 업으로 삼으면 즐거움을 놓칠 수 있다는 걸 나도 경험했기 때문에. 또 이루고 싶은 것에 최선을 다

하고 미련 없이 내려놓는 것도 용기니까.

돌아보면 아이가 피아노를 좋아한 덕에 우리에게 준 게 많다. 1년에 두 번은 연주회에서 멋진 곡을 들려주었고, 집에서 연습하는 피아노 소리를 들으면 마음이 편안해졌다. 지금도 통영을 오가는 차 안에서 호재와 종종 아이의 피아노 연주를 듣는다. mp3로 저장해 둔 9~10곡을 반복해서 듣는데 초등학생 때부터 고등학생 때까지 아이의 피아노 여정이 연주로 전달돼 마치 아이의 앨범 사진을 넘기는 기분이 든다. 돌아보면 피아노는 아이의 성장기 내내 함께했고, 힘든 시기 벗이 되어 주었다. 중학생 때 전남 영광에 있는 기숙사형 대안학교로 아이를 유학 보냈는데, 그곳에서 혼자 종종 피아노를 쳤다고 한다. 혼자 종종 피아노를 쳤다는 건 외로울 때 피아노를 쳤다는 것이기도 하다. 아이는 학교에 적응하지 못했고 기숙사 생활을 힘들어했다. 집에 오고 싶다고 전화한 아이에게 한 학기 더 있어 보라고, 그러고도 힘들면 그때 학교를 옮기자고 했던 내가 얼마나 원망스러웠을까. 당시엔 그저 인내심 부족이라고 생각했는데 돌아보니 그게 아니었다. 아이는 내보인 말 뒤에 내게 하지 못한 이야기가 더 많았다. 하루가 한 달처럼, 한 달이 한 해처럼 길고 힘겹게 느껴졌을 것이다. 안일했고, 내 일 내 공부를 하느라 아이 말에 귀 기울이지 못했다. 아이의 쉼표까지 헤아려 주었으면 아이는 뒤에 남겨 둔 이야기까지 내게 들려줬을 텐데, 그때는 그걸 해 주지 못했다. 그때 내게 하지

가구, 음반, 카펫, 피아노까지 윤이상이 베를린에서 사용하던 것을 그대로 옮겨 와 재현해 두었다. 피아노를 사랑하던 통영의 소년과 세계적인 음악가 사이, 시간이 그곳에 깃들어 있었다.

못한 이야기를 나는 아이가 들려주는 피아노 연주로 느끼며, 미안하고 또 미안하다.

　윤이상은 음악으로 남과 북을 연결시킨 예술가다. 음악 때문에 그리워하던 고국에 오지 못했고, 감옥까지 갔다. 그래서 윤이상기념관 바로 옆에, 윤이상이 생전 베를린에서 살던 집을 재현해 놓은 이 집에 들어오니 마음이 무겁다. 독일에서 금의환향해 이곳 통영에서 오래 음악 생활을 하고, 당신 손으로 윤이상 음악제를 만들었다면 얼마나 좋았을까. 날마다 그토록 좋아하는 통영 앞바다를 거닐며 영감이 일 때마다 새로운 현대 음악을 작곡해 이곳에서 전 세계 초연을 했다면 얼마나 좋았을까. 이 문장들이 가정인 것이 안타깝다. 그가 쓰던 가구와 카펫, 음반과 레코드들에서 음악과 함께한 시간이 느껴진다. 그리고 피아노. 윤이상의 피아노를 바라본다. 저 피아노에서 현대 음악의 명곡들이 탄생했다. 피아노를 사랑하던 통영의 소년은 전 세계 음악인들의 존경을 받는 현대음악가가 되었다. 그의 음악에는 동서양의 선율과 정신이, 인류에 대한 사랑이 담겨 있다.

　아이는 가끔 피아노를 친다. 피아노 치울까 해도 그냥 두라 한다. 집에서 노상 게임만 하지만 아주 가끔이라도 피아노를 치며 즐겁다면 그걸로 된 것 같다. 나도 그렇다. 청탁 때문이든 일 때문이든 공들여 글을 쓰고 난 후 느끼는 희열이 있다. 글 한 편을 쓰겠다고 마음먹고, 글을 쓸 수 있는 상태가 되기까지 기다리다, 집중이 가능한 순간이 오면 그때부터 나만의 시간이 열린다. 머릿속에 다른 것은 없고 글에 대한 구상과 문장들이 자리 잡고, 그 가지를 붙잡고 잎을 달듯 문장을 하나씩 써 나가다 보면 정신이 투명해진다. 온전한 집중의 시간 후 내가 쓴 글이 마무리될 때 느끼는 떨림이 좋다. 그 희열 때문에 글쓰기를 계속하고 싶은 것 같다. 이후 읽어 주는 이의 반응이 좋으면 뜻밖의 선물을 받은 것 같다.

피아노 하면 생각나는 영화가 있다. 미하엘 하케네의 영화 〈아무르〉. 영화 속 노부부는 알렉상드르 타로의 연주회에 참석하여 그가 연주하는 슈베르트 즉흥곡을 감상한 뒤, 버스에서 다정하게 음악 얘기를 나누며 집으로 온다. 안의 외투를 벗겨 주며 조르주가 말한다. "당신 오늘 유난히 예쁘다고 내가 말했던가?" "당신은 가끔 고약하긴 한데 정말 착해." 하지만 다음 날부터 노부부의 삶은 변한다. 안이 치매에 걸리기 때문이다. 조르주는 안을 극진히 보살피지만 안의 병을 대신 앓아 줄 수 없기에 둘은 점점 쇠약해 간다. 플라톤의 『향연』에서 사랑의 첫 단계는 '가지고 있지 않은 이가 그것을 줄 수 있는 이에게 다가가는 과정'으로 묘사된다. 사랑하는 사람은 상대가 가진 어떤 것 때문에 사랑에 빠진다. 그것이 무엇일까. 여러 해석이 있지만, 라캉은 사랑받는 이의 앙상한 존재, 결핍으로 풀이한다. 에로스가 좋은 것과 아름다움을 결여하고 있기에 그것을 욕망하듯, 사랑하는 사람은 사랑하면 할수록 상대의 전부를 원한다. 안이 말한다. "너도 나의 자리에서 나처럼 사랑해 줘." 그가 그녀의 자리로 다가가면, 사랑은 완성된다. 안을 사랑하는 조르주는 결국 안의 결핍이 되어 같은 자리에서 소멸한다. 타로의 슈베르트 즉흥곡이 처연하고 아름답게 소멸의 공간을 채우며 잔상을 남긴다.

그러고 보니 정말 오랜만에 아이가 치는 피아노 소리가 들린다. 전자피아노의 볼륨을 아주 작게 해 놓고 치고 있지만 내 귀는 온통 그 소리에 가 있다. 정말 듣기 좋다. 그 소리가 내겐 위안이 된다. 늘 자신의 유용함을 증명하고 보여 줘야 하는 이 세상에서, 무목적적으로 자기 자신에게 집중할 수 있는 매개를 가지고 있다는 건 무척 든든한 일이다. 누가 알아주지 않아도 나만의 운율에 내가 귀 기울일 수 있다면, 힘겨울 때 좀 덜 힘겹고 외로울 때 좀 덜 외롭지 않을까.

세병관

초중고 시절, 새학기가 시작되기 전 다음 학기 국어 교과서에 실린 수필을 읽어 보곤 했다. 그중 기억에 남는 수필이 '방망이 깎는 노인'에 관한 이야기다. 줄거리는 이렇다. 버스를 기다리던 나는 길에서 방망이 깎는 노인을 보고 방망이가 필요하다던 아내의 말이 떠올라 노인에게 하나 깎아 달라고 한다. 노인은 나뭇단에서 천천히, 요리조리 나무를 살피다가 나무 하나를 골라 깎기 시작하는데 그 과정이 그리 더딜 수가 없다. 차를 놓칠까 봐 조급증이 난 나는 노인에게 서둘러 달라 하지만 노인은 나의 청은 아랑곳하지 않고 제 속도로 늑장을 부리며 방망이를 다듬는다. 노인은 방망이를 깎나 싶다가 다시 요리조리 살펴보고, 진전이 나는가 싶다가 다시 딴청을 부리는 것이다. 참다못한 나는 어느 정도 깎은 듯하니 방망이를 그냥 달라 하는데 노인은 '끓일 만큼 끓여야 밥이 되지 생쌀이 재촉한다고 밥이 되느냐'고 언성을 높인다. 차시간을 포기한 나는 노인이 하는 대로 내버려두고 방망이 깎는 노인을 지켜보는데, 방망이를 깎다가도 노인은 처마 끝 어딘가를 바라보는 것이다. 시간이 얼마나 흘렀을까, 노인은 본인이 깎은 방망이를 이리저리 살피더니 그제야 마음에 드는지 내게 방망이를 내민다. 값을 치르고 집에 온 나는 아내로부터 방망이가 아주 훌륭하단 말을 듣는다. 요즘은 이렇게 잘 깎은 방망이를 좀처럼 찾기 힘들다면서, 두고두고 오래 쓸 것 같다고. 아내의 말을 들으며 나는 새삼 노인에게 미안한 마음이 들고, 처마 끝 어딘가를 바라보던 노인의 모습을 떠올린다.

이곳 통영에서 공물을 제작하던 장인들은 방망이 깎는 노인과 닮았다. 선대로부터 받은 기술을 익히기 위해 손을 아낌없이 쓰고 그 까다로운 공정을 고집스럽게 지킨 장인. 조상 대대로 살던 고향 산천을 떠나 낯선 땅에 정착한 그들도 이따금 처마 끝 하늘을 바라보며 쓸쓸한 속내를 달랬을 것 같다. 어느 땅, 누구와 함께든 자신의 오랜 기술과 영혼을 제작에 담았기에 그들이 빚은 생활품이 이토록 오래 남았겠지. 왕이 이끌던 시절 장인은 중인에 속했으니 처우도 좋지 않았을 것 같다. 양반 계급에 비하면 사회적 위치도 낮았을 테고, 군수품이나 공물을 제작하거나 적은 돈을 받고 먹고살기 위해 쉴 새 없이 일했을 것이다. 그래도 제작 기술에 대한 '부심'은 대단했을 것 같다. 누가 봐도 부끄럽지 않고 오래오래 남을 물건을 제작하기 위해 기술을 익히고 또 익혔을 것이다.

오래 남아 있는 것을 보면 겸허해진다. 수백 년 전 솜씨 좋은 목수가 나무 깎아 만들었을 세병관 마루에 앉아 그 너머 산과 바다와 집들을 바라보니 호사가 따로 없다. 창건 후 약 290년간 3도(충청, 경상, 전라) 수군을 총지휘할 때 소집을 하거나, 조선 시대 때 관아로 쓰이며 백성을 소집하거나 회합을 할 때 쓰였을 이 근사한 마루터는 지붕과 기둥을 빼곤 사방이 트여 있으나 주변이 병풍처럼 감싸 안락하다. 피부에 닿는 나무 감촉이 거슬리지 않고 온습도가 적당하고 시원하다. 기대거나 엎드려 책을 읽거나 담소를 나누거나 마루를 누리는 방식은 다양하지만 다들 나처럼 이곳을 떠나고 싶지 않은가 보다. 여기 앉아 있으니 굳이 뭘 보태지 않아도 될 만큼 느긋해진다. 멍하니 있는 게 가능한 곳이다.

멍하니 있기가 삶에서 얼마나 중요한지 깨닫는다. 그 시간은 내게 없어선 안 될 귀한 시간이다. 그 잉여의 시간을 보내야 나의 현재를 감각할 수 있다. 멍때리기를 하다 조각조각 떠오르는 상념은 내가 남긴 숙제이거나 마음이 향해야 할 방향일 때가 많다. 내 마음의 공간을 넓혀 주는 시간. 멍때리기가 가능하려면 장소도 적절해야 한다. 혼자 있어서 가능한 것도 아니고, 집을 떠난다

고 가능하지도 않다. 시간을 많이 가지고 있어야 시간을 잘 쓰는 것도 아닌 것 같다. 내 마음 상태를 잘 알고, 그 시간에 내가 뭘 해야 편안하고 즐거운지를 알고 적절히 그 상황을 조율할 때 나는 풀어진다. 정해 놓은 일을 못 하고 의지 잃은 사람처럼 늘어져 있는 데도 이유가 있을 거다. 할 일이 많은데 몸이 말을 안 듣고 마냥 게으름을 피우거나, 잘 만큼 잤는데도 한없이 졸리거나, 약속이 있는데 씻기 싫거나. 의지와 상태가 제각각일 때 자책하기보다 이해하는 쪽으로 마음을 돌린다. 그럴 만한 이유가 있어서라고. 몸과 마음이 함께하지 않아 이 상황의 균형이 깨진 것이니 몸쪽인지, 마음 쪽인지 살펴야 할 때라고 스스로 속삭인다. 이런 상황에서 조율사로 나서 주는 것이 멍때리기다. 하던 걸 모두 내려놓고 멍때리기에 나설 수 있으면 좋겠지만, 그마저도 쉽지 않을 때는 자책하지 않고 나를 이해하는 시간으로 삼는다. 예전에는 그렇게 하지 못했다. 가만히 있는 시간이 아까웠다.

오래전 경주에 갔다. 차※ 잡지 기자로 일하던 시절, 취재차 내려간 곳이다. 이른 아침, 서울 터미널에서 네 시간 반 동안 버스를 타고 다시 차를 타고 들어가니 오후 3시가 넘어 버렸다. 공방에 들어가 작가를 찾으니 삐쩍 마르고 머리가 하얀 여자 어른이 나왔는데 예순은 훌쩍 넘어 보였다. 막사발과 차 얘기가 듣고 싶어 내려왔다 하니 어르신은 차 한 잔 내주고는 할 얘기가 없으니 마시고 올라가라 했다. 비워 둔 지면이 떠올라 그냥 갈 수 없었다.

취재 안 해 주시면 안 갑니다, 했더니 어르신은 차 끊어지기 전에 가라고 호통을 치고는 안채로 들어가 버렸다. 막막했지만 오기가 생겼다. 공방 안에 남아 기다렸다. 한두 시간이 지나도 나올 기미가 없는 그. 그냥 올라가기 싫었다. 초조하고 지루해진 나는 동네를 한 바퀴 돌았다. 오래된 한옥이 곳곳에 보이고 돌로 쌓은 담벼락이 정겨운 동네였다. 꽃나무며 담벼락에 올라와 물끄러미 객을 바라보는 백구며, 열린 문으로 오종종 들어갔다 나왔다를 반복하는 대여섯 살 아이들. 될 대로 되라는 심정으로 그저 동네 구경을 하며 들고 온 카메라로 그날의 풍경들을 담았다. 동네 돌길을 걷다가 볕 아래 앉았다가 느릿느릿 시간을 보내니 조급함이 줄어들고 기분이 풀렸다. 어느덧 밥때가 되었나 보다. 어르신이 공방에 들어선 나를 보더니 밥 먹으라 했다. 황토로 지은 움막에 들어가 어르신과 그분의 제자와 함께 밥을 먹었는데 꿀맛이었다. 밥상을 물리고 한 시간여 인터뷰를 했다. 온몸에 암이 퍼진 걸 알았을 땐 이미 수술을 할 수 없는 상태였다고, 경주로 와 황토 움막을 짓고 막사발을 구우며 차 마시며 지내니 이제껏 기적처럼 살아 있다고. 사람은 무릇 여여하게 살아가야 한다고 어르신은 내게 말했다. 여여하다. 불가 용어로 변함없는 마음, 속되지 않는 마음. '여여如如'라는 한자는 산스크리트어 '타타타tatahta'의 의역으로 '물건의 본연 그대로의 모습'을 뜻한다. 그렇게 극적으로 인터뷰를 하고 서울로 가는 막차에 오르니 잠이 쏟아졌다. 잠이 스르륵 들면

서 이날을 잊지 못하겠다 싶었는데 지금도 떠오르는 걸 보니 맞았다.

　세병관에 앉아 바깥을 바라보니 여기 내가 앉아 있는 곳이 현재, 바라보이는 저 풍경이 과거 같다. 과거의 일들은 제각기 치열하고 힘들고 어렵고 불편하고 아쉬웠는데 지나고 나면 흐릿하다. 그저 풍경이 되어 버린다. 여기 내가 앉아 있는 이 마루의 나무 감촉, 불어오는 바람, 툭툭 치며 지나가는 상념이 지금 내게 중요하게 와닿는 현재. 그러다 자리를 뜨면 이 세병관도 저 풍경으로 넘어가겠지. 그래서 드는 생각, 나의 현재를 여여하게 살아가고 싶다.

호사

연고지도 없는 통영에 마음이 가게 된 이유, 이토록 자주 내려가
게 된 이유가 뭘까. 지난 시간을 돌아보면 치유가 반 호사가 반이
다. 통영에 내려갈 때 나는 생활에 지치고 체력이 소진된 몸과 마
음 상태다. 그러다가 이러니저러니 시간을 보내고 도시로 돌아갈
때는 완충은 아니라 절반만 충전되어 생활하는 데 필요한 최소의
긍정을 채운다. 통영에 내 생활이 없고 이곳에선 내가 그저 여행
자이기에 이것이 가능할지 모른다. 책임져야 할 것, 증명해야 할
것들로부터 거리가 생겨서다. 그 외에도 통영만이 주는 매력이
분명 있다.

통영에 내려오면 잘 먹고 잘 놀고 잘 잔다. 어느 때는 내려온 다음 날 종일 자기도 하고, 움직일 체력이 없어 숙소에 박혀 있기도 하지만 대부분의 경우 호사를 누린다. 통영에서 으뜸가는 호사는 자연이다. 숲과 나무(동백림, 소나무, 편백나무가 숲을 이루고 있다.), 남해의 파랗고 은갈치빛 나는 바다, 섬들과 공원들(이순신공원, 달맞이공원의 풍광은 정말 근사하다.), 해안을 끼고 보는 아침해와 저녁해. 걷거나 차를 타서 바라보는 이 모든 자연이 내 마음에 깃든 헛헛함을 쓸어 준다. 다음은 예술. 전혁림과 박경리, 김춘수, 윤이상, 이중섭이 내려와 산 이곳에는 그들이 남긴 유산이 보존되어 있다. 통영민속박물관 인근에는 윤이상기념관과 독일 생가를 재현해 놓은 방이 있다. 경치 좋은 산양읍 인근에는 박경리기념관이, 용화사 오르는 봉숫골 인근에는 전혁림미술관이, 미수해안도로 인근에는 김춘수유적기념관이 있다. 마음 내킬 때 한 곳 한 곳 들러 이들의 흔적을 보고 읽으면 마음의 허기가 채워진다.

속도감의 차이가 이유일 듯하다. 쫓기듯 다니지 않고 의무감으로 보는 것이 아니라 노는 듯 쉬엄쉬엄 보니 여유가 생긴다. 통영국제음악당에서 듣는 연주도 그러한데, 공연을 감상하고 나서 내키면 산책하듯 걸어서 귀가할 수 있으니 차편 걱정에 마음이 급하지 않다. 지역 축제도 마찬가지다. 세병관에서 하는 무형문화재 명인의 시연 행사나, 동피랑 인근서 하는 문화제 야행이나, 이순신공원에서 본 한산대첩 재현 축제나 서울이나 경기도에서 한다면 가 보지 않을 문화 경험이다. 특히 봉숫골에서 매년 봄 열리는 벚꽃 축제는 그중 백미인데, 과연 통영 시민이 모두 모인 양 엄청난 인파로 북적인다. 올해 서피랑에서 한 티페스타(구 통영 인디페스티벌)는 참여하지 못했는데 내년에는 건너가서 즐길 참이다. 사람이 많고 복잡해도 이곳에서 경험한 지역 축제는 도시보다 만족스럽다. 나름의 색을 지니고 저마다 풍성하게 준비해서 그렇기도 하지만, 축제를 즐기는 통영 시민들이 여유로워 보여서 더 그러하다. 내가 만난 통영 사람들은 대체로 느긋한 편이었다. 외지인들에게 넘치게 친절하지도 불친절하지도 않고 적절히 살갑게 대한다. 택시 기사들도 그렇고 상인들도 그렇고 조급해 보이지 않고 대부분 진심으로 통영에 대한 애착을 표현한다. 어디까지나 외지인의 시선에서 보면 그러하다. 별스럽지 않아도 통영에서 경험하는 건 마음 편안하고 즐겁다.

음식도 맛있다. 통영에 와서 먹은 외식은 내 입맛에 잘 맞는다. 미수해안도로로 내려가면 멀리서도 보이는 식당 건물이 있는데, 5층 횟집 민수사에서 광어회의 고소함을 음미했다. 3층 한식집에서 맛본 대방어는 회를 잘 못 먹는 나를 감동시켰고, 80년대 경양식집을 재현한 듯한 4층 케네디 레스토랑의 목조 인테리어를 감상하며 먹는 정식이나 돈가스는 어릴 때 가족이 아주 특별한 날에만 가던 외식의 기억을 떠올리게 한다. 통영에서 나는 해산물로 리소토와 스파게티를 요리해 주는 이탈리안 레스토랑

이나 서호시장 안에서 맛본 시락국의 개운함은 밥 한 그릇을 뚝딱하게 한다. 만지도에서 돌아갈 배를 기다리며 먹은 해물라면과 파전 맛을 잊을 수 없다. 해물라면을 먹으러 그 섬에 다시 가고 싶을 정도. 사량도에서 먹은 맑은 국물의 해물짬뽕은 숙취를 씻겨 주었고, 그 섬에서 저녁에 배달해 먹은 비촌치킨은 추억의 닭튀김 맛이었으니, 정말이지 통영에는 맛있는 먹거리가 넘친다. 잘 먹고 잘 자고 잘 걷기만 해도 하루가 충만하고 마음이 넉넉해진다.

통영에 자주 오게 된 이유 중 하나는 걸어서 다닐 수 있는 곳이 많아서다. 죽림이나 무전동 같은 동네는 여느 지방과 다르지 않은 신도시 느낌이지만 서피랑이나 봉숫골에 머물면 상점도 집들도 낡고 고만고만해 친근하다. 그렇다고 길이 지저분하지 않고, 오래된 집들이 방치된 것이 아니라 손보아 살기 괜찮을 만큼 정돈되어 있어 정갈한 인상을 준다. 동백이 가로수로 심겨 있는 것도 매력을 더해 주고, 오래 걷지 않아도 금세 바다가 눈에 들어와 갈증을 쉬 씻겨 준다. 바다를 끼고 걸어 다니다 카페에도 가고 밥집에도 가고 술집에도 가고, 혼자 또는 둘이, 때로 북적하게 여럿이 우르르 어울리며 나름의 장면을 연출하는 통영의 시간이 참 정겹다. 그래서 느낀다. 나는 안정감이 있어야 잘 먹고 잘 자는 사람이구나. 안 가 본 미지의 지역을 하나씩 정복(?)하며 즐거움을 느끼는 사람이 아니라, 같은 곳에 여러 번 가 그 속에서 나만의 풍경을 발견하는 걸 더 좋아하는 사람이구나. 배경에 안정을 깔고 나서야 다른 색채를 시도하는 나. 언젠가 나도 탐험가의 용기를 낼 수 있을까. 지금은 그저 시간이 날 때마다 통영에 내려가는 게 내겐 치유이자 호사다.

　　그래서인가. 나도 모르게 주변 사람들에게 통영 얘기를 자주 한다. 이곳이 내겐 고향이 된 건가. 서울에서 태어난 나는 고향이 없다. 부모님 고향을 어릴 적 자주 가기는 했지만 성인이 되어서는 거의 찾지 않았다. 고생한 부모님의 기억이 남은 곳이라서인지 속 모르게 놀던 어린 시절 이후에는 정이 가지 않는다. 통영은 내가 찜한 곳, 치유받은 고장이라서 그런지 짧은 시간 동안 정이 깊어진 듯하다. 내가 자주 가니 호재도 나 따라 자주 가고, 그 역시 통영을 좋아하게 되었다. 싫증을 금세 내는 그가 아직 통영을 좋아하니 신기할 따름이다. 나 따라 통영에 놀러 온 여동생과 친구들도 다시 가자 하는 걸 보면 분명 통영만의 매력이 있는 것 같다. 지난여름에는 동생 내외와 요트 유람을 했는데, 말 그대로 호사였다. 배 위에 올려 둔 폭신한 소파 위에 앉아 엔진 소리 하나 내지 않고 물살을 부드럽게 스치는 요트에 몸을 실은 채, 가늘게 내리는 실비를 맞으며 음악 소리 따라 두 시간을 떠다녔다. 뱃삯이 생각보다 비싸지 않았고, 그 값보다 만족도가 높아 기분 내고 싶을 때 다시 타고 싶다. 약값이나 병원비 지출이 부쩍 많아진 지금 보면 뭐, 이런 사치 누려도 된다.

최근엔 통영에서 1박을 하고 나서 한 시간여 차로 가면 되는 지리산에 가서 등산을 하거나, 진주를 가거나, 거제대교를 건너 부산으로 가거나 하는 식으로 영역을 확장하고 있다. 내가 운전하지 않으니까 호재가 가자 하면 그냥 따라간다. 이런 호사를 혼자 누리면 미안할 텐데 좋아하는 이들과 같이 갈 때가 많으니 맘이 편하다. 동생 내외와는 통영에서 휴가를 함께 보냈고, 선배 내외와는 연말을 함께 보냈다. 내 경우 가족과 따로 친구들과 따로 여행을 가는 경우가 대부분이었는데 나이 들어 가족, 친구, 선배 등 여행 멤버가 다양해졌다. 친구들과는 자주 함께 다녔기에 여행습이 있어 편하고, 동생 내외와는 부모 얘기나 가족 얘기를 허

심탄회 나누어 좋고, 선배 내외와는 세상 돌아가는 얘기나 이슈가 되는 주제에 대해 대화할 수 있어서 좋다. 혼자 내려오면 통영에 사는 선배를 만나 수다 떨어서 좋고, 통영이 초행인 이가 오면 가이드인 양 잘난 척해서 좋다. 코로나 땜에 보류된, 통영에서 출발하는 제주행 페리호가 개시되면 어떨까. 통영에서 제주라니 기대된다. 외국 사는 친구가 한국에 오면 통영에 가자고 조를 참이다. 오래 쌓인 이국 생활의 피로를 풀 수 있도록 별다른 일 없이 잘 먹이고 잘 재우고 싶다. 내가 이곳에서 누린 그대로를 같이 하자 청하고 통영에서는 그래도 된다고 다독이고 싶다.

시장

내 기준에서 좋은 동네는 인근에 재래시장이 있는 곳이다. 외로
워도 슬퍼도 집 근처에 시장이 있으면 굶어 죽지 않을 것 같다. 아
무리 처져도 시장통에 들어가면 먹고 싶은 게 한 가지쯤 보이기
마련이다. 상인들이 분주히 물건을 진열하고 손님을 부르는 활
기찬 모습에 힘을 얻고, 주머니가 가벼워도 뭐 하나 충분히 살 만
큼 가격 부담이 없으니 지친 삶이 생기를 되찾는다. 재래시장은
서민의 삶을 이해해 주는 귀한 곳이다. 말이 나온 김에 좋은 동네
의 조건을 몇 가지 나열하면, 오래 머물러 작업해도 눈치 보이지
않고 커피가 맛있는 카페, 한산하지만 장르별로 구색이 갖추어
진 도서관, 컨디션이 좋지 않을 때 찜질하고 침을 맞을 수 있는 한

의원, 한두 시간 정도 부담 없이 걸어 다닐 수 있는 산책로가 있는 곳이다. 통영 봉숫골은 이 모든 조건들을 갖추고 있으니 내 기준에서 좋은 동네다.

통영 하면 시장이 떠오르는데 첫 통영 여행의 숙소가 중앙시장 인근에 있어서였을 거다. 중앙시장은 해산물과 관련해서는 없는 먹거리가 없을 정도고, 안으로 들어가도 들어가도 상점이 이어져 있어 꽤나 큰 시장임을 알 수 있다. 통영 여행 초기에는 주로 중앙시장에서 회를 뜨거나 해산물을 사서 먹거리를 해결하곤 했다. 중앙시장은 통영을 찾는 외지인들이 가장 많이 드나드는 곳이라 갈 때마다 사람들로 북적인다. 꿀빵을 파는 상점이 줄을 잇고, 매장마다 한 분씩 나와 손님에게 시식용 꿀빵을 들이민다. 여객선 터미널이나 동피랑 벽화마을, 세병관 등이 가까이 있어서 여행자 기분을 느끼고 싶을 때는 강구안을 찾게 된다. 중앙시장 맞은편 세병관 쪽으로 걸어가거나 상점가 사이 가파른 계단을 따라 걸어가면 서피랑으로 이어진다.

조금 부지런을 떨어 이른 시간에 나서면 서호시장을 찾는다. 서호시장은 중앙시장보다 한갓지지만 이곳도 횟집이 만만치 않게 많고, 특히 관광버스를 타고 온 단체 손님들을 맞는 큰 횟집이 즐비하다. 서호시장 안편에서 시락국을 처음 먹었다. 통영의 별미인 시락국은 각종 생선을 뼈까지 갈아 국물을 깊이 우려낸 다음 시래기 등속을 넣어 만든 일종의 국밥이다. 국물 맛을 처음 맛

보았을 때는 추어탕 같기도 했다. 양념 다대기를 조금 넣고 밥을 후루룩 말아 먹으면 전날 숙취가 씻기는 개운함이 느껴진다. 다른 탁자에 앉은 현지 어르신을 보니 산초가루 같은 걸 잔뜩 넣어 먹었는데 거기까지는 따라 하지 못하겠다. 여객선 터미널에서 표를 끊고 배를 기다리는 동안 한 그릇 비우면 든든하다.

　숙소 근처 편의점에서 맥주를 사다 뭐에 동했는지 주인에게 통영 분들이 자주 찾는 시장이 있는지 물으니 북신시장을 알려 주었다. 통영 사람들은 거기 가서 회를 뜨더라. 그렇다면 안 가 볼 수 없지. 무전동을 지나쳐 골목에 차를 세우고 북신시장을 향해 걸었는데 입구부터 사람들이 많다. 규모가 크지는 않지만 초입부터 말린 생선, 각종 젓갈류, 문어, 생선튀김, 떡집, 과일 가게 등 먹을 게 곳곳에 보인다. 편의점 주인이 알려 준 횟집에서 광어를 주문했는데 크지 않다. 양식이 아니라서 그렇단다. 내친김에 오징어회도 주문했는데, 우와, 주인 아주머니 칼질이 보통이 아니다! 내장을 제거하고는 기계에 넣고 드륵 돌려 껍질을 벗기더니, 빛과 같은 속도로 오징어를 잘게 썰기 시작했다. 숨은 고수가 저런 분이구나. 표정 하나 바뀌지 않고 오징어를 보지도 않고 칼을 휘두르며 회를 치는 아주머니의 솜씨에 넋을 놓고 보게 된다. 회 맛은 일품이었다.

　시장에서 일하는 게 얼마나 힘든 노동일지 알면서도, 장사가 안 되면 얼마나 푸념할지 알면서도 상인들의 모습에서 노동 이상의 기품을 본다. 자기 생활 자리에서 놀라운 솜씨로 활기 있게 일하시는 분들을 우리는 생활의 달인이라고 부르는데 통영 시장 곳곳에 그런 달인들이 살고 있다. 시장에는 늘 덤이 있다. 정가 이상도 이하도 팔지 않는, 아니면 원 플러스 원으로 유혹하지만 결국 상술인 대형 마트와 다른 정이 느껴진다. 통영에 오면 세 군데의 시장을 다닐 수 있어서 배고플 일이 없다. 씨앗호떡 하나 사서 호호 불며 요기하면서 저녁에 먹을 요깃거리 안줏거리를 사러 다니는 이 시간엔 부러울 게 하나 없다.

우리 집은 내가 아주 어릴 때부터 장사를 했다. 공사장 인부들에게 밥을 대주는 함바집, 학생들에게 떡볶이와 쫄면을 파는 분식집을 거쳐서 망하기 전까지 갈빗집을 했고, 망하고 나서 부모님은 오래 장사하던 곳을 떠나 아주 작은 가게에서 백반집을 하셨다. 그래서 내게 가겟집은 몸에 밴 느낌이 있다. 초등학생 때부터 학교에서 돌아오면 가게 잔심부름을 하고, 손님이 뜸해진 시간 가게 테이블에 앉아서 숙제를 하곤 했다. 저녁은 대부분 가게에서 엄마가 차려 준 메뉴들이었는데 솜씨 좋은 엄마가 해 준 김치찌개며 칼국수, 쫄면의 맛은 지금도 잊히지 않는다. 하지만 기억 속에 남아 있는 건 엄마 가게에 머물 때 느끼던 온기다. 학교 파하고 온 오후, 저녁 식사 전 한두 시간 쉬는 짬에 엄마는 가게 난로 옆에 앉아 뜨개질을 하거나 반찬거리를 다듬었다. 엄마의 노동이 잠시 휴지기에 들어가고 라디오에서 누군가의 사연이 소개되는 나른한 시간 느끼던 편안함이 지금도 몸에 남아 있다. 장사하느라 어깨와 허리 통증 없을 날 없는 엄마는 짬짬이 우리를 위해 간식을 만들어 주셨다. 찜기에서 갓 쪄낸 카스텔라나 감자 크로켓, 누룽지를 튀겨 설탕을 뿌리거나 고구마를 쪄 설탕물에 묻힌 맛탕 등 엄마표 간식을 떠올리면 왈칵 한다. 그때는 몰랐지만 그 간식들이 엄마가 우리에게 표현한 사랑이라는 걸 이제는 안다.

평생 가게를 하다 은퇴한 엄마는 이제 형제들이 찾아갈 때마다 다양한 반찬거리와 먹을거리를 내준다. 깻잎무침, 무말랭이, 무장아찌, 돼지감자, 청국장, 김, 식혜, 고추장, 된장, 김장김치 등등 엄마네 냉장고는 무슨 마술 냉장고인지 사남매 손에 한가득 먹을거리를 안겨 준다. 지난겨울에는 엄마에게 정색을 하고 명절 때 음식 조금만 하시라고, 김장하지 말라고 했다. 손이 큰 엄마가 그것들 만드느라 얼마나 고생하는지 알기 때문에 걱정이 되어 그런 것인데, 다음 모임 때 엄마가 눈물을 글썽이며 한소리하셨다. 올해 김장할 거야. 그런 줄 알아. 그러면서 알게 되었다. 엄마가 여전히 우리에게 뭔가를 해 준다는 것에 얼마나 자부심을 가지고 있는지. 자식들 입에 들어갈 건강한 먹거리를 직접 해 주면서 엄마는 자신의 가치를 확인했던 거구나. 몸이 힘든 것보다 엄마에게는 그 마음이 더 중요했구나. 그래서 서운하셨구나. 엄마는 그렇게 우리를 사랑으로 키웠구나. 그 표현은 말보다 더 진하게 자식의 몸과 마음에 남겨졌구나. 엄마가 해 주는 김장김치 귀한 줄 생전 모르던 나는 이제 엄마가 담가 준 김치를 아껴 먹는다.

그러고 보니 시장은 뭐든 얹어 주고 싶은 엄마 마음을 닮았다.

섬

몇 해 전 친구들과 물회를 먹으러 속초에 갔다. 바다가 보이는 호젓한 동네에 자리한 4층짜리 식당이었는데, 수십 명의 사람들이 번호표를 뽑고 대기하고 있었다. 한 시간여 기다린 끝에 3층 창가 쪽에 자리를 잡고 물회를 시켰다. 사방이 통창 유리로 되어 있어 어디 앉아도 동해가 보였다. 맞은편 2인 테이블에 여자분이 들어와 물회와 소주를 주문했다. 우리가 주문한 물회와 거의 동시에 그분에게도 음식이 나왔는데, 물회를 안주 삼아 소주 한 병을 천천히 아주 달게 마셨다. 바다를 바라보며 여유 있게 '혼술'하는 모습이 기억에 남았다. 혼자 식당에 앉아 소주 한 병을 비우는 내공이 대단하다 생각했다.

술이 단 적 있었던가. 혼술을 하며 술이 달다고 느낀 건 최근이다. 돌아보니 그런 때마다 섬에 있었다. 한번은 재작년 겨울 월미도. 월미도도 알다시피 섬이다. 코로나가 기승일 때라 노상 집에만 있어서 답답했다. 일도 잘 풀리지 않아 피로감이 심했는데 어디든 나가고 싶어 무작정 간 곳이 거기였다. 온갖 상점에서 흘러나오는 시끄러운 호객용 노랫소리, 왁자한 노점 여기저기 삼삼오오 떠들며 다니는 가족, 연인 무리로 월미도는 활기가 넘쳤다. 안양 유원지, 용인 민속촌 등 느닷없이 특정 지역의 분위기가 그리워질 때가 있다. 월미도도 특유의 현란함이 있다. 발을 디디는 순간 어안이 벙벙해지고 눈앞에 월미도스러운 서커스가 펼쳐진다. 눈에 들어오는 조개구이집을 골라 3층에 자리를 잡았다. 넓은 홀에 손님은 우리뿐이었다. 호재는 운전을 해야 해서 술을 마실 수 없으니 나 혼자 조개구이에 맥주 한 병을 시켰다. 먼지가 잔뜩 낀 창문 너머 서해를 바라보면서 조개를 굽고 그것을 안주 삼아 맥주 한 병을 아주 천천히 비웠다. 진짜 중년이 된 기분이랄까. 물횟집 분처럼 완벽한 혼술은 아니었지만 내 몫의 술 한 병을 혼자 마신 게 처음이었다.

다음은 욕지도. 모노레일을 타지 않고 버스로 섬 한 바퀴를 돌고 나니 할 일이 없어 선착장 주변을 어슬렁거리다 바닷가 포장마차들 중 한 곳에 자리를 잡았다. 멍게 한 접시와 맥주 한 병을 시켰다. 그때도 호재는 운전을 해야 해서 혼자 멍게를 안주로 맥주를 마셨다. 바다 맛이 찐하게 나는 멍게 맛을 음미하며, 욕지도 앞바다에서 차가운 맥주 한 병을 비우니 취기가 싸하게 올라왔다. 술기운 때문인지, 바다 경치 때문인지 팽팽하게 조이던 긴장이 기분 좋게 풀리고, 머릿속에서 쓸데없이 씨름하던 사사로운 계획들이 시시해졌다. 이때도 물횟집에서 혼술하던 그가 떠올랐다. 될 대로 되라, 시시하다. 이렇게 찐한 바다와 단술이 있는데 뭐가 더 필요하랴. 그러면서 내가 연출한 술상이 마음에 들었다. 혼술의 매력을 알고 나서 나는 차츰 주당이 되어 갔다. 나를 위해 술을 사기 시작했단 말이다. 술은 으레 누군가와 함께 마시는 것, 친교를 위한 것이었는데 섬에서의 경험 덕분에 혼술을 즐기게 되었다. 스스로를 위해 사는 술의 종류도 다양해졌다. 맥주에서 시작한 것이 와인, 막걸리, 별빛청하, 위스키… 술에 곁들일 안주를 고르는 재미도 쏠쏠했다.

소매물도는 잊을 수 없다. 한창 뜨거운 여름날 배에서 내려 섬을 한 바퀴 돌았는데, 언덕 낀 계단길은 눈물이 줄줄 날 만큼 힘에 부쳤다. 섬은 어디나 신기한 것이, 보기에 그리 힘해 보이지 않지만 오르면 뭍의 등산보다 배는 힘들다. 마치 바닥의 뭔가가 몸을 끌어당기는 것처럼 발이 묵직해지고, 몸이 축축 처져 금세 땀범벅이 된다. 너무 힘들어 중간에 포기할라치면 대여섯 살 되는 아이나 강아지가 뛰어 올라가, 그 모습에 오기가 솟는다. 그렇게 섬을 가까스로 한 바퀴 돌고 선착장에 내려와 돌아가는 배를 기

다리며 해산물 한 접시에 맥주를 시켰다. 이날은 호재도 소주 한 병을 시켜 각 1병을 잔 옆에 두고 해삼, 멍게 등속이 골고루 담긴 해산물 한 접시를 나눠 낮술을 마셨다. 배가 오지 않으면 섬을 나갈 방도가 없으니 시간이 확보된 셈이었다. 바닷바람에 땀이 식으며 몸은 나른해지고, 눈앞에 푸르디푸른 바다가 출렁이니 마음이 노곤해졌다. 배가 들어올 동안 꼬박 섬에 있어야 하니 할 것은 오직 낮술. 각자 앞에 놓인 술 한 병을 비우며 사방 펼쳐진 섬의 풍경을 홀가분하게 바라본다. 이 섬에 내 생활은 한 뼘도 없으니 오롯이 여행객으로만 시간을 산다. 이 단순함이 나를 쉬게 한다. 술을 비울수록 긴장은 누그러지고, 넓게 펼쳐진 푸른색 바다 덕분에 뭍에 두고 온 생활이 별것 아닌 것처럼 쉬워진다. 나를 아는 사람도 없고 어색함에 쓸데없는 말 보탤 필요도 없이, 적당히 풀어진 상태로 주변과 어우러지는 이 상황이 좋다.

행복한 것보다 좋은 게 좋다. 행복은 부담스럽다. 행복하면 그 행복을 지켜야 하고, 지키지 못하면 불행해질 것 같아 불안해진다. 행복은 쉽게 오는 것이 아니라 엄청난 노력으로 쟁취하는 무엇인 것만 같다. 좋은 건 감당이 된다. 좋으면 좋아서 좋다 말하고 좋다 말하면 더 좋아진다. 그래서 행복할 때보다 좋을 때 더 잘 쉬는 것 같다. 좋은 건 행복하기도 하고 슬프기도 한 것, 편안하기도 하고 불안하기도 한 것, 가진 게 많기도 하고 적기도 한 것, 만족스럽기도 하고 부족하기도 한 것 같다. 행복이 꽉 들어차면 숨이 쉬어지지 않는다. 좋으면 좋은 것 사이로, 그 결핍으로 숨을 쉬게 된다. 좋은 건 부정보다 긍정이 안에 더 많을 때 표현하게 된다. 부정이 완전히 사라지지 않는 걸 알고 긍정이 좀 더 많아 균형이 이루어질 때 좋다. 내 마음과 몸에 알맞은 현실을 내가 찾을 때 좋다는 기분을 느낀다. 나는 행복한 상태보다 불안하지 않은 상태를 더 갈구한다.

통영에는 섬이 참 많다. 섬이라 통칭하면 와닿기 힘들 만큼 섬마다 제각기 아름다운 자연 경관을 간직하고 있다. 선착장에서 배를 타고 욕지도, 소매물도로 향하며 바라보는 바다와 하늘, 인근 섬들의 모습과 섬에 당도해서 보이는 풍경들에는 도처에 글로 담기 힘든 감동이 숨 쉬고 있다. 내 솜씨로는 도저히 글로 담을 수 없어서 혼술 이야기만 길게 썼을지도 모르겠다. 섬에 대한 소회를 표현하자면, 아름답다, 멋지다로 풀기 힘들고, 다행이다, 고맙다라고 해야 할 것 같다. 이렇게 멋진 자연을 볼 수 있다니 참 다행이다. 이 근사한 풍경을 직접 체험할 수 있다니 참 고맙다. 섬에 오면 찬찬히 오래 주변을 눈에 담는다. 마음이 힘들고 일상이 강퍅할 때 꺼내서 봐야지 하는 심정으로. 좋음이 오지 않는 상태에서 불안을 잠재우려면 비상식량을 비축하듯 좋은 기억을 저장해 두었다가 꺼내야 한다.

내가 섬을 좋아하는 또 다른 이유는 기다림이다. 섬에 들어가고 나올 때 배를 기다리는 그 시간이 좋다. 작년 여름. 휴가 때

일이다. 통영에서 사량도로 가는 배를 타려고 표를 끊고 기다리던 중 역자로부터 전화가 왔다. 장 그르니에『섬』개정판을 내고 2년 만에 걸려 온 터였다. 무슨 일일까. 혹 혼날 일 아니려나. 몇 가지 경우의 수를 마음속으로 스캔한 후 태연한 척 전화를 받았다. 선생님, 안녕하세요. 잘 지내셨어요. 네에, 잘 있었어요? 있잖아요, 내가 말야……. 선생님은 알베르 카뮈의 산문 세 편을 언급하셨다.「안과 겉」,「결혼」,「여름」. 1987년 카뮈 전집을 예고하며 국내에 처음 번역, 소개한 후 35년 만에 다시 펼쳐 번역을 손보고 있다고, 카뮈 산문 중에서도 중요한 작품들이니 모아 책을 내면 어떻겠냐고. 너무 좋지요, 선생님. 전화를 끊고 서둘러 배에 올라탔다. 여기서 45분 들어가면 섬이다. 배 안에서 뜨거운 태양 빛을 피해 앉아 하늘과 구름과 바다를 바라보다 카뮈를 생각했다. 음 카뮈, 잘생겼지. 목소리 멋지지. 글은 또 얼마나 좋아.

「안과 겉」(1937)은 이후 카뮈가 쓰는 모든 작품의 원천이 되는 글이다. 이 글에서 카뮈가 말하는 안과 겉은 '하나의 덩어리'다. 의식의 극한에 위치한 절망과 사랑도, 삶과 죽음도 안과 겉처럼 송두리째 버리든가 받아들이든가 해야 하는 뗄 수 없는 하나라고 카뮈는 말한다.「결혼」과「여름」을 집필할 시기, 카뮈는 교수 자격 시험에 탈락하고, 아내의 외도 등으로 좌절의 시기를 겪고 있었다. 암울하던 1937년 여름, 카뮈는 지중해로 여행을 떠났고, 고향 알제의 삶과 시지프의 숙명을 성찰하고 자연이 주는 활력 속에서 글쓰기에 대한 의욕을 되찾는다. 그렇게 청년 카뮈의 한 시절은 고스란히 글에 담기고, 사상도 무르익어 드디어 문제작 『이방인』(1942)이 탄생한다. 전쟁이 끝나 황폐화된 현실에서 '인간다움이란 과연 무엇인가'에 대해 고민한 카뮈는 절망 3부작 첫 편으로 이 작품을 썼다. 사회에 편입되지 못하고 결국 살인까지 하게 되지만, 주변 이웃의 형편을 보듬고 자신이 느끼는 바를 현재 안에서 생생하게 감각하는 한 고독한 인간. 카뮈는 소설 속 뫼르소 같은 문제적 이방인도 사회 내에서 존중받고 살아가는 사회가 건강한 사회라고 말한다. '거부(부조리)에서 긍정(반항)에서 사랑'에 이르는 카뮈의 성찰은 『페스트』(1947)와 비평집 『반항하는 인간』(1951) 등으로 이어지고, 1957년 마흔네 살 젊은 나이에 그는 노벨문학상의 영예를 얻는다.

내가 처음으로 읽은 카뮈의 글은 『전락』이었다. 문학 공부에 한창이던 때 종로 영풍문고에서 이 책을 훔쳤다. 태어나 처음 해 본 도둑질이었다. 왜 그랬을까. 지금 생각하면 부끄럽고 무모하기 짝이 없는 행동인데, 당시 함께 수업을 듣던 친구들과 내기를 했다. 누가 누가 더 문학에 열정이 있나, 모름지기 '문청'(문학청년)이라면 서점에서 책 한 번 훔쳐 읽을 정도의 열정이 있어야 하지 않느냐가 이 사달에 깔린 변명이었다. 그렇게 우리는 각자 흩어졌고, 내가 택한 곳이 종로 영풍문고였다. 삼중당에서 문고본으로 출간한 『전락』을 직원 몰래 재킷에 집어넣고, 식은땀을 흘리며 서점을 빠져나와 지하철로 향했다. 누군가 뒤쫓아 오는 것만 같아 여러 번 뒤를 돌아보았고 심장이 망치로 내리치듯 쿵쾅거렸다. 지하철을 탄 뒤 책을 꺼내 읽기 시작했고 다 읽고 나니 거의 종점이었다. 책을 덮고는 낯선 어느 역에 내려 한참 멍하게 있었던 기억이 난다. 그날 나는 센강에 빠져 자살하려는 여자를 방조한 뒤 그 자신도 전락하게 된 변호사 클레망스의 운명을 나 자신과 거의 일치시켰다. 전락을 경험하고 집에 돌아온 그날 극심한 악몽에 시달렸으니까. 젊은 시절 해 본 무수한 객기 중 이 사건은 오래 남는다. 다음 날 서점에 가서 죄를 고백할지, 학교에 가서 수업을 들을지를 두고 갈등하던 어린 내가 떠오른다. 『이방인』에서 카뮈가 '잘못을 저지를 수밖에 없는 존재'인 인간에 주목한다면, 뒤이어 발표한 『전락』에서는 잘못을 저지르고 난 뒤 인간이 취하는 태도에 주목한다. 카뮈는 말한다. 자신의 잘못을 먼저 인정하고 참회하고 난 후에야 우리는 다른 사람의 잘못을 심판하고 단죄할 수 있다고. 노벨상 수상 연설에서 카뮈는 말한다. 진실한 예술가는 판단하기보다 이해하는 존재라고. 작가의 역할은 진실과 자유를 섬기는 것이며, 세계의 붕괴를 막기 위한 시대적 과업을 짊어진 존재로서 빛의 세계를 향해 나아가고, 삶의 행복과 자유를 포기하지 않아야 한다고. 카뮈는 안과 겉이 멋진 소설가다!

올여름, 섬으로 들어가는 배를 기다리는 나는 또 누구의 전화를 받을까. 그때도 혼술하고 있겠지.

터널

우리는 만나면 걸었다. 그는 통영이 고향이기 때문에 여행객이 알지 못하는 골목길을 잘 알았고, 그런 샛길을 걸어다니며 그가 들려주는 골목에 얽힌 유년기 에피소드를 들으면 그 없이 다시 그 길을 지나가도 골목마다 이야기가 선명했다. 내가 아는 이야기꾼은 표현을 잘하고 기억력이 좋아 옛이야기를 지금 얘기처럼 들려주었다. 그가 들려주는 어린 시절 얘기는 대개 슬픈 내용이었다. 부모나 주변으로부터 관심과 이해를 받지 못하고 지나간 나날은 화나 설움의 감정으로 남았다. 실패한 관계의 조각은 슬픔의 퍼즐이 되고, 조각조각 크기가 커져 버린다. 우리는 걷고 대화하며 퍼즐 조각의 크기를 줄이기 위해 안간힘을 쓰고 있다. 한

번 맞추기 시작한 퍼즐은 사라지지 않는다. 서로 적응하며 살아
간다.

우리는 걷다가 터널에 접어들었는데 그곳은 바닷속이었
다. 통영시 당동에서 시작해 미수동까지 이어지는 이 터널은,
1930년대 일제강점기 통행의 불편을 해소하려고 착공하게 되었
다 한다. 보통은 다리를 지었을 텐데, 착량묘鑿梁廟 자리라는 이유
로 당시 일본인들이 조상의 시체가 있는 곳 위를 조선인이 지나
갈 수 없다 하여 해저 터널로 만들었다는 속설이 있다. 지금은 이
터널이 어떻게 지어졌는지, 얼마나 대단한지, 어떤 역사가 있었
는지 등에 관한 기록이 벽마다 붙어 있다. 얼마 전 택시를 탔을 때
기사님이 해 준 이야기에 따르면, 예전 해저 터널은 차들도 오갈
만큼 넓었다 한다. 보수 작업이 이어지며 점점 공간이 좁아졌고,
지금은 사람이 지나다니는 정도로만 활용된다고. 터널 안에서 말
을 하면 동굴처럼 울리고, 한참 걷다 보면 이곳이 바닷속임을 실
감하지 못한다. 심연에 있어도 내가 걷는 현실이 된다. 터널에서
우리는 말없이 걷는다. 이 터널이 끝나기를 기다리며 그 공간의
중력을 견딘다. 터널 밖을 나오자 땅콩을 파는 트럭과 음료를 파
는 행상이 보인다. 우리는 땅콩을 한 봉지씩 사서 까먹으며 다시
바다를 끼고 걷는다. 나의 이야기꾼이 다시 이야기를 시작한다.
그의 이야기를 들으며 미수 해안가 너머 바다를 바라본다. 해가
지고 있고, 고깃배가 항으로 들어오고 있다.

잠이 오지 않았다. 밤을 새웠다. 하루가 힘들었다. 일 때문에 스트레스가 많기는 했지만 잠을 이렇게 못 자는 건 심했다. 잠이 올 듯 눈꺼풀이 무거워져 침대에 누우면 심장이 뛰다 정신이 각성되고 그 상태로 밤을 지새웠다. 머릿속으론 상념이 들어와 골몰하다 보면 날이 밝았다. 다음 날 생각하면 될 일도 머릿속에 떠오르고 풀리지 않는 관계를 고민하며 밤을 새우는 상황이 이어졌다. 그러다 환해지면 일어나 출근 준비를 했다. 간밤에 고민하던 것들이 낮에는 별것 아닌 것으로 여겨지거나 포기하고 싶은 것들로 바뀌어 있었다. 제대로 판단하기 힘들었고, 그 판단에 신뢰가 가지 않았다. 믿고 의지하던 사람을 의심하거나 믿으면 안 될 사람에게 기대를 걸었다. 생활이 엉켜 버렸다. 우울감이 잦았다. 감정 기복이 심해지고, 일들이 부담스럽고, 작은 일에 예민해지고…… 양 어깨에 무거운 짐을 한 덩어리씩 얹고 있는 것 같은 나날이 이어졌다.

병원을 찾아갔다. 잠을 못 자요. 갱년기 아닐까요. 아직 갱년기는 아니지요, 하고 의사는 300개가 넘는 질문이 담긴 검사지를 내밀었다. 검사지들을 받아 들고 사무실로 돌아가 답을 채우다 포기할까 생각했다. 무수한 질문에 답변하는 것 자체가 일로 느껴졌다. 하지만 자야 했다. 진단은 강박. 불안지수와 부정지수도 높았다. 의사는 강박은 고치기 힘든 부류에 속하며 부모로부터 연유한 경우가 많다고, 부모 중 떠오르는 분이 있는지 물었다. 글

쎄요. 집에 가는 길에 엄마를 떠올렸다. 엄마의 불안을 물려받은 것 같다. 내가 기억하는 젊은 시절 엄마는 근심을 달고 살았다. 자주 화가 나 있었다. 엄마의 불안은 할머니에게 물려받은 게 아닐까. 엄마는 할머니에게 사랑을 받지 못하고 큰 듯하다. 할머니가 돌아가신 뒤 엄마는 종종 할머니에게 서운했던 일들을 털어놓곤 했다. 2주에 한 번 병원에 가서 15분 정도 의사와 면담을 하고 약을 처방받았다.

오른쪽 어깨가 올라가지 않았다. 낮에는 버틸 만하다 밤이 되면 통증이 찾아왔다. 팔이 올라가지 않았다. 병원에 갔다. 팔이 안 올라가요. 의사는 엑스레이를 찍고 어깨와 팔을 살피더니 오십견이라고 했다. 충돌증후군. 어깨 쪽 연골이 닳아 염증이 생기고 뼈가 맞닿아 통증을 유발한다고 했다. 오십견은 쉽게 낫지 않을뿐더러 통증이 심하기 때문에 약 처방은 물론 물리 치료도 받아야 한다고 했다. 의사를 의심했다. 별것 아닌 근육통을 빌미로 환자 취급을 해서 수입을 올리려고 그러는 거야. 뜨뜻미지근하게 반응하자 의사가 겁을 잔뜩 줬다. 지금 치료하지 않으면 통증은 점점 더 심해지고, 팔도 점점 안 올라갈 거라고. 그의 말대로 통증은 점점 심해졌고, 팔이 굳어 브래지어의 버클을 채울 수가 없었다. 밤에만 아프던 통증이 낮에도 사그라들지 않았다. 어깨가 아파 무엇에도 집중하기 힘들었다. 회사를 그만두어야 하나. 몸과 마음의 병이 나를 '추월'했다. 이렇게 되기까지 몸이 위험 신호를 여러 번 보냈는데 무리하게 일했고 무리하게 생활했다. 시간을 분 단위로 쪼개 쓰고, 언제나 일을 일순위에 두었기에 몸의 반란에 대처할 준비가 되어 있지 않았다. 아, 이제껏 터널을 몇 차례 지나온 것 같은데 다시 터널이다.

코로나19가 심각해질 즈음 터널에 갇혔고, 그렇게 2년 반을 병원에 다니며 걸었다. 생각해 보니 아이러니하게도 나라 전체의 위기 상황으로 멈춰진 속도감 때문에 내 몸은 도움을 받았다. 재택하면서 집에 있는 시간이 늘었고, 미팅이 줄면서 병원에 가거나 산책할 시간을 확보했다. 그간 돌보지 않던 살림에 신경을 쓰고 먹거리도 챙기면서 더디지만 몸이 회복되어 갔다. 아침저녁으로 먹는 신경정신과 약 덕분에 화가 덜 나고 작은 일을 큰일처럼 여기며 심장 졸이는 경우가 줄어들었다. 잠을 더 자면서 피로감이 줄고, 사람을 덜 만나면서 화장기 없는 얼굴에 편안한 복장으로 일상의 긴장을 누그러뜨릴 수 있었다. 터널을 천천히 걷고 또 걸으며 나의 불안을 어떻게 대처할지 연습했다. 마음에서 일어나는 감정의 변화가 의식적으로 읽히면서 현상을 해석하는 방향을 수정했다. 누군가의 행위나 어떤 일에 화가 날 때 그것이 외부에서 기인한 것인지, 내 안의 불안이 만들어 내는 과잉 반응인지를 판단하는 습관을 들였다.

몸과 정신의 이상 변화는 내 생활을 돌아보는 계기가 되었다. 뭐가 잘못된 걸까. 어떻게 하면 이 상황에서 벗어날 수 있을까. 그러면서 나의 잘못된 습관과 생각에 대해 차츰 알게 되었다. 생각은 비대해지고 몸은 돌보지 않아 점점 굳어져 가고 있었다. 앞서 고백한 몸과 마음의 극심한 통증이 조금씩 잦아지면서 이 차전에 들어갔다. 우선 유산균을 먹고 한의원에서 지은 장腸 개선 환을 취침 전에 챙겨 먹었다. 뜨거운 물을 담은 찜질팩을 어깨와 배에 번갈아 올려 몸을 따뜻하게 해 주며 통증이 줄어들기를 기다렸다. 오후에는 비타민을 챙겨 먹고, 시간이 될 때마다 회사 근처를 걷거나 한의원에 가서 침을 맞았다. 유튜브에서 가볍게 따라 할 만한 요가 채널을 들으며 몸의 이완을 배웠다. 그러면서 아주 조금씩 몸의 변화를 느꼈다. 팔이 1센티미터만 올라가도 입고 씻을 때 쾌적함의 정도가 달라졌다. 몸의 통증을 통해 그간 내가 몸의 신호를 무시해 온 걸 알게 되었다. 삶의 질이 생각보다 더 몸에 의해 좌우되고 몸이 생각보다 더 직접적으로 삶의 균형추를 예민하게 체크하고 있다는 것도 알았다. 비대해진 생각의 크기를 줄이기 위해 생각하지 않는 연습을 했다. 우울감이나 여타의 감정들은 제어하기 어렵지만 잡생각이 올라오거나 부정적인 생각이 들 때 생각을 멈추려고 노력했다. 가령 내일 처리해야 할 일들이나 상념이 떠오를 때 의식적으로 배에 힘을 주고 생각이 멈추는 방향으로 유도했다. 불안하고 부정적인 생각이 들 때 그 생각의 이미지에 크게 의미 부여를 하지 않으려 했다. 생각은 생각을 낳고 형상은 형상을 낳으며 부질없이 커지지만 생각도 형상도 결국은 시간이 흐르면 변하기 마련이라고 되뇌었다. 그러면서 청각과 촉각과 같은 감각에 집중하는 습관을 들였다. 생각을 멈추고 귀와 눈을 열기.

삶의 많은 시간 동안 지식을 쌓고 생각하느라 보낸 그 시간만큼 몸을 돌보지 않은 시간도 적지 않다. 몸과 생각이 서로를 보완하며 함께 살아가야 했는데 나라는 유기체는 생각에 의미를 크게 둔 탓에 균형감을 잃었다. 과거의 안 좋은 기억도 현재의 좋은 기억도 미래의 나를 향해 흘러갈 뿐이다. 생각을 멈추고 몸을 움직이는 연습은 집착을 내려놓는 연습이기도 하다. 어제 한 나의 말과 행동을 곱씹으며 현재의 나를 놓친 나날들을 계속 반복할 수는 없는 노릇이다. 그만큼 나는 또 나를 돌보지 않은 셈이니. 모든 것은 변하고 나도 오늘만큼 노쇠하지만 나에게 주어진 생의 주기만큼은 또렷이 나의 현실로 남아 있다. 그 현실 안에서 나는 내가 감각하는 내 몸과 나의 지성만큼이나 부질없는 생각을 함께 붙잡고 살아가야 한다. 어느 날은 터널에 갇히는 기분이 들겠지만 어느 날에는 터널을 기꺼이 지나 햇살을 마주하기도 할 테니 내 몸은 무겁지 않을 수 있다. 그렇게 회복기 환자 생활이 익숙해졌다.

다시 터널에 들어간다. 엄마를 만나 그동안 못다 한 이야기를 하려고 한다.

다정함

도시와 달리 여행지에서의 독서는 깊다. 시간에 구애받지 않고
책을 읽을 수 있고, 내용을 헤아리고 생각을 정리해서 다른 사유
를 불러올 수 있다. 일에 매몰되면 독서의 즐거움을 잊는다. 독서
가 가능하다는 건 내가 지금 건강하다는 걸 방증하는 것 같다. 모
든 시간 책과 함께한 내게 독서의 불가능은 비상 깜빡이가 켜지
는 것 같은 위험 신호다. 최근 편집한 올가 토카르추크의 『다정한
서술자』는 통영에서 읽은 몇 안 되는 책이다. 이곳에서 책 읽기의
즐거움을 느끼고, 올가와 같은 멋진 작가의 글을 읽을 수 있어서
얼마나 다행인지. 마음에서 환희심이 올라오지 않는 삶은 쉽게
지친다. 자연스럽게 하고 싶은 것, 배우고 싶은 것, 읽고 싶은 것

이 떠올라 즐겁게 행하는 삶을 원한다. 내게 좋은 책이란 손에 든 책을 읽는 와중에 '나도 쓰고 싶다'는 마음을 일으키는 책이다. 한 챕터 읽었는데 마음이 울렁여 다음 챕터로 넘어가지 못하고 숨 고르게 하는 책이다. 읽기 아까워 와인 삼키듯 천천히 음미하며 읽는 책이다. 단어나 문장을 새기고 싶어 메모해 두는 책이다. 일 상 간간이 책 내용이 떠올라 몽상하게 하는 책이다. 그리고 여행 지에 챙겨 오고 싶은 책이다. 『다정한 서술자』는 이 모든 조건에 다른 것들이 보태어진다. 지금과 다르게 살고 싶다. 내가 모르는 세상에 대해 더 알고 싶다. 머리와 몸 따로가 아니라 같이 살고 싶 다. 내가 '지금, 여기' 살아 있다는 감각을 느끼고 싶다.

올가 토카르추크가 직접 고른 열두 편의 에세이가 수록된 『다정한 서술자』는 코로나19 팬데믹 상황에서 엮였다. 전염병으 로 전 세계에 봉쇄령이 선포되고, 어느 때보다 이 세계가 안전하 지 않음을 체감하던 시기, 한 번쯤 이런 생각을 했을 법하다. 세상 이 어쩌다 이 지경이 되었을까. 앞으로 어떻게 살아가야 하나. 이 고민에 대한 올가 작가의 처방은 이것이다. 인간에 대한, 세계에 대한 관점을 바꾸자. 우리 함께 이 위기에 대해 책임을 지자. 책을 읽자. 그리고 문학을 통해 우리가 살아 움직이고 서로 연대하고 있음을 인식하자. 인간에게는 영혼과 육체만 있는 게 아니라 자 신만의 고유한 '서술자'가 깃들어 있다. 그것은 마치 파충류의 뇌 처럼 진화를 통해서도 대체되지 않는, 우리 안에 있는 아주 오래된 조직 같은 것이다.

올가는 인간 존재가 서로 공생하는 다양한 유기체의 결과물인 '전 생명체'임을 강조한다. 생물학적으로 인간의 몸에서 인간 세포는 43퍼센트에 불과하고, 나머지는 박테리아, 바이러스 등의 이웃과 공유한다. 복합성의 관점에서 세계는 다중적이고 다양하고 느슨한 유기적 네크워크 구조를 띤다. 인간은 동식물 위에 군림하는 전지전능한 포식자가 아니며, 단일성을 지닌 만능 존재가 아니다. 느슨한 유기적 네트워크의 일원인 인간은 세상이라는 복잡한 유기체에 대해 책임을 져야 한다. (자연을 보라.) 괴상하고 탈중심적으로 사고하며, 뻔한 행동 방식에서 벗어나 특별한 시간, 모든 것을 바꾸는 '카이로스'의 순간을 만들어야 한다. 글쓰기, 이야기의 창조는 대상에 생명력을 불어넣고 존재가 지닌 다양성의 가치를 인정해 주는 유효한 방식이며, 이럴 때 필요한 것이 '사인칭' 다정한 서술자(여기서 '사인칭 시점'은 문법적 형태를 의미하는 것이 아니라 다인칭인 동시에 무인칭이며, 사인칭 서술자는 개별적이면서 전체를 포괄하는 시야를 지닌 총체적인 이야기꾼이다.)가 들려주는 이야기다.

다정함은 대상을 의인화해서 바라보고, 그와 감정을 공유하고, 그에게서 끊임없이 나와 닮은 점을 찾아낼 줄 아는 기술이다. 가장 겸손한 사랑의 유형인 다정함은 나와 관계를 맺는 모든 대상을 인격화하여 그 대상에 목소리를 부여하고, 마음껏 표현될

수 있는 공간과 시간을 선사한다. 이야기를 창조한다는 것은 대상에 끊임없이 생명력을 불어넣고 존재 가치를 부여하는 일이다. 토카르추크의 관점에서 문학 속 인물은 작가의 창조적 산물로만 간주되지 않는다. 그들은 인간과는 다른 실존적 본성을 지닌 존재로서 일종의 '보관소'에 해당하는 특별한 차원에 머무는 형이상학적 대상이다. 그들은 책장에 모습을 드러내기 위해 미지의 공간(이러한 구역을 토카르추크는 '메탁시의 영토'라 명명한다.)에서 준비 태세를 갖추고 있다. 세상을 구원하고 싶다면 부지런히 읽고 쓰고 옮겨야 한다! 종이책이 사라져 가는 21세기에도 문학은 여전히 힘이 세다. 기술의 발전과는 반대로 나날이 쇠락해 가는, 사람들 간의 상호 이해와 연대의 고리를 튼튼하게 받쳐 주는 것이 문학이니까. 문학을 통해 우리는 타자(인간, 자연, 모든 생명)의 행동 동기를 이해하고, 타자에게 공감하고, 타자와 나를 동일시할 수 있다고 작가는 믿는다. 이 책을 읽으며 올가에게 정말 많은 것을 배우게 된다. 아아 이런 문학이라니, 물개박수 치고 싶다.

토카르추크를 읽자니 베냐민이 말한 이야기꾼이 떠오른다. 베냐민은 이야기꾼을 수공업자라 했다. '이야기꾼'은 떠돌아다니며 장사를 하면서 이야기를 모으는 선원과 자신이 나고 자란 고향의 이야기와 전설을 잘 알고 있는 농부처럼, 입에서 입으로 전해지는 이야기, 자신의 전 생애 전체를 거슬러 올라가는 이야기를 들려줄 수 있는 이, 생생한 체험이 녹아든 '조언'을 해줄 수 있는 '수공업자'다. 베냐민에게 이야기는 정보나 보고처럼 사물의 순수한 '실체'를 전달하는 것이기보다 마치 옹기그릇에 도공의 손 흔적이 남아 있는 것처럼 삶 속의 이야기, 이야기하는 사람의 흔 적이 남아 듣는 이의 뇌리에 깊이 박히게 되는 유기체와 같다. 이 야기가 이러한 힘을 가지는 까닭은 이야기 속에 지식이나 지혜뿐 아니라 그가 살아온 모든 내용이 질료로 담겨 있어서다. 이야기 꾼은 영혼, 눈, 손이 동일하며, 자신의 내면에서 특정한 화음을 파 악하고 불러낼 줄 아는 천부적인 능력을 지닌 사람이다. 하지만 이러한 실천은 더는 흔히 볼 수 없게 되었다. 기술 사회에서 손이 하는 역할이 줄어들었고, 손이 이야기할 때 채운 자리가 황폐해 졌기 때문이다. 자신의 삶, 자신의 품위, 즉 자신의 전 생애를 이 야기할 수 있는 능력을 가진 자, 자기 삶의 심지를 조용히 타오르 는 이야기의 불꽃으로 완전히 태울 수 있는 사람. 토카르추크는 베냐민이 말하는 이야기꾼에 가까운 것 같다.

　지금은 그 어느 때보다 지혜로운 이야기꾼이 필요한 것 같 다. 우리가 지구상 모든 생명체와 같이 '내가 나라고 생각하는 나 로만 구성되어 있지 않은' 유기체임을 알면 지구 환경과 생태에 좀 더 관심을 가질 것 같다. 나와 무관하다고, 인간이 대단히 우월 한 존재라고 생각하니까 이토록 이윤 추구에만 열을 올리는 건 아닌지. 또 내가 이 지구상 모든 생명과 연결되어 있다고 생각한 다면 이웃과 동물을 좀 더 다정하게 대하지 않을까. 우리 뇌에서 자기 자신을 자각하는 부분과 타인을 자각하는 부분이 같은 지점이라고 한다. 그렇다면 나 자신을 잘 모르는 이는 타인도 잘 모르고, 타인을 잘 모르는 이는 자기 자신도 객관화하지 못하는 것 아닌가. 스스로 우월하다고 착각하면 타인도 대상화해서 바라보게 되는 것 같다. 나는 그저 미미한 존재이고 또 변화 가능한 존재 아닌가. 그러니까 지금 필요한 건 다정함!

통영에서 다정한 이야기를 읽는 이 시간이 참 다정하구나.

고양이

편집자라는 직업으로 회사에 출근한 지는 몇 해 되지 않는다. 회사원 생활만큼이나 프리랜서로 일한 기간이 길다. 프리랜서 때는 밤에 주로 일하고 낮에 늦게 일어났다. 편집자 외에 다른 일도 하고 미팅도 잦았기 때문에 홍대로 대학로로 옮겨 다니고, 카페나 공유 오피스에서 일하기도 했다. 낮에 일할 때는 저녁에 누군가를 만나 술을 마셨고, 밤에 일할 때는 낮에 누군가와 만나 밥을 먹고 차를 마셨다. 사람을 좋아하는 성격이고 직업이 프리랜서라 미팅 자리가 잦았다. 밤이 아니면 집에서 일이 잘 되지 않아 일이 많을 때는 대개 카페로 갔다. 그러다 몇 해 전 본격적인 사회인, 직장인으로 자리 잡으면서 나의 자유 생활은 마감되었다.

회사에 다니며 제일 힘든 점은 출퇴근과 정해진 근무 시간이었다. 이전에는 경기도 안산에서 서울 종로구 안국동으로, 지금은 안산에서 서울 강남구 신사동을 오가는데 지하철과 버스로 왕복 네 시간이 걸리는 장거리 출퇴근을 반복해야 한다. 월화수목금 출퇴근. 토일 폭풍 잠 아니면 경조사 참석. 그렇게 하루하루 보내는 데 몸을 익히고, 팬데믹까지 겪고 나니 이제는 평일에 누군가를 만나는 게 부담스럽다. 저녁 약속이 생기면 대개 수목으로 잡는다. 수는 한 주의 가운데라, 목은 주말을 하루 앞두고 있어서 그나마 덜 부담된다. 그런데 어떤 꼼수를 써도 피로가 쌓인다. 잠을 자도 밥을 먹어도 풀리지 않는 피로감. 그럴 때 통영 생각이 난다. 통영이 떠오르면 지침 지수가 올라간 거고 그 지침을 풀려면 적어도 이삼 일은 통영에 머물러야 한다.

통영에 자주 내려가다 보니 이제는 딱히 명소를 찾아다니지 않는다. 보는 것도 먹는 것도 애써 찾고 애써 정하지 않는다. 통영을 5년 가까이 경험하니 이제 마음 상태에 따라, 몸 컨디션에 따라 가고 싶은 곳, 먹고 싶은 것이 툭툭 떠오른다. 예컨대 바다를 끼고 걷고 싶으면 마리나리조트 근처 산책로나 미수 산책로를 가고, 밤바다를 보며 밥이 먹고 싶으면 미수해안로 주변 식당가에서 밥을 먹는다. 2박 3일로 내려오면 대개 하루는 섬에 가서 시간을 보낸다. 지치고 힘들 때 통영이 떠오르는 이유는 도시에서 짙게 쌓인 피로를 푸는 가장 현명한 치유법이 자연이라서 그렇다.

나무와 숲, 은갈치빛 바다, 소박하게 흘러가는 통영의 일상이 긴장을 풀어 주고 식욕을 일으킨다. 컨디션이 영 별로일 때는 용화사 근처 목욕탕에 가서 뜨거운 탕에 몸을 담근다. 저녁 먹기 직전에 목욕탕에 가면 주말이어도 사람이 없다. 목욕을 하고 목이 간질거리면 약수탕 맞은편 팥빙숫집에 가서 쌍화탕을 주문한다. 숙소에서 라디오를 들으며 쌍화탕을 마시면 잠이 금방 오고, 뜨듯한 잠자리에 누워 길게 자고 일어나면 다음 날 걷고 싶은 의욕이 생긴다.

비단 통영이라서 긴장과 피로가 풀리는 건 아닐 것이다. 도시와 멀어질수록 자연이 나와 가까워지고, 자연 안에서 호흡과 몸의 시간이 천천히 제자리로 돌아오는 것이리라. 나이가 들수록 자연과 함께할 때 만족감이 높다. 산이든 바다든 나무와 풀과 물과 하늘에 둘러싸여 긴장으로 뻣뻣해진 내 몸을 풀고, 마음이 어디로 가든 눈치 주지 않고 흘러가게 두면 인간인 내가 얼마나 자연에 가까운 생명체인지 깨닫게 된다. 내가 통영에 자주 가는 이유는 나란 사람의 습성이 익숙한 것들이 가까이 있어야 안도감을 느끼기 때문이다. 내 영역 안에 있다는 느낌 속에서 긴장이 풀어진다. 반면 나와 통영에 함께 가는 호재는 늘 새로운 곳을 찾는다. 지도를 펼쳐 놓고 가고 싶은 산이나 섬을 골라서 여행 이튿날 이른 아침에 집을 나선다. 동물로 비유하자면 나는 고양이과에 호재는 개과에 가까운 것 같다. 길을 가다 동물과 마주칠 때 내가 호감을 느끼는 대상도 대개 고양이다.

고양이는 내게 선망의 대상이다. 완벽하게 유연한 골격을 지니고 있고, 하루 대부분 느긋하게 보낸다. 고양이의 삶이, 특히 길고양이의 삶이 얼마나 고단할지 내가 알겠냐마는 통영에서 마주치는 고양이들은 사람 눈치를 잘 보지 않고 대개 느긋한 편이다. 굶어 마른 것 같지 않고 쫓겨 공격적인 것 같지 않다. 고기가 많은 지역이라 비린내 나는 먹을거리를 고양이에게 많이 주나. 잘 지내는 것 같아 보이는 길고양이들을 만나면 기분이 좋다. 공생이 가능한 지역이라는 게 안심이 된다. 내가 머무는 숙소 주변에도 고양이들이 정말 많다. 한번은 호재가 전날 먹고 남겨 둔 밀치 몇 점을 고양이들에게 준 적이 있는데 냄새만 맡을 뿐이었다. 호재는 이 녀석들이 입이 고급이라며 서운해했지만 나는 어째 다행이었다. 고양이들을 챙겨 주는 분의 식성에 익숙해진 게 아닌가 싶어서다. 길고양이들이 밥 굶지 않고 안전하게 지내는 모습을 보면 안심이 된다. 동네분들의 맘씨가 좋은 걸 방증하는 것 같아서.

어릴 때 고양이가 화자인 소설을 쓴 적이 있다. 이제 막 성인이 된 여자의 내면에 살고 있는 목소리로, 고양이는 그를 관찰하지만 말을 걸지는 않는다. 제목은 '그녀의 막대 사탕'. 아주 유치하게 전개되는 소설이지만 어째서 여성의 내면의 화자를 고양이로 설정했는지는 분명하다. 고양이의 오묘하고 모순되고 신비로운 제스처, 눈빛, 누구에게도 호락호락하지 않은 도도함이 나를

매료시켜서 그런 상상으로 전개했을 것이다. 지구상 모든 생명체 중에서 나는 고양이가 제일 신기하고 사랑스럽고 무섭다. 고양이의 골격은 그 유연함이나 적응력에서 완벽에 가깝다고 한다. 높은 곳에 오르거나 뛰어내릴 때 탄력적으로 몸을 쓰기 때문에 다치지 않고, 앞발의 민첩함으로 위험에 잘 대비한다. 혀의 돌기로 몸을 위생적으로 관리하고 밤에도 시야를 확보할 만한 눈을 지니고 있다. 무엇보다 내가 부러워하는 건 고양이의 유연함이다. 단 한 번도 유연한 몸을 가져 본 적 없는 내 꿈은 폴더로 몸 접기, 그리고 앉은 채로 양다리를 뻗은 상태에서 몸이 평형이 되기다. 요가 수업 때 그 동작이 되는 분들이 어찌나 부럽던지! 언젠가 꼭 한 번은 도전해 보고 싶다. 소설 속 고양이 얘기를 하다 삼천포로 빠졌다. 어릴 때 쓴 그 소설을 지금 다시 수정한다면, 화자와 고양이가 대화하게 하고 싶다. 고양이가 너에게 말한다. 너 자신을 지켜. 너만큼 소중한 존재는 그가 아니라 바로 너야. 평생 함께 가야 할 사람도 바로 너야.

살다 보면 종종 내가 의식하고 생각하는 것보다 현실이 단순하다는 걸 깨닫는다. 때로 쉬울 수도 있고, 어려워도 결국 지나갈 수 있다고. 생각을 파고 파고 파다가 막상 그 상황에 맞닥뜨렸을 때 내 생각보다 쉽거나 내 생각보다 금방 결론이 나온다. 일요일 오후 다음 날 출근할 생각에 마음이 괴로울 때, 해야 할 업무의 어려움을 항목마다 떠올리며 계산하고 미리 할 말을 준비하고 세

팅해 놓는다. 그러면 생각 속에서 지치고 모든 것을 제대로 해내지 못할 것 같아 도망가고 싶어진다. 그러다 월요일이 오고, 무거운 몸을 이끌고 지하철을 타고, 지하철 안에서 하루 운세와 한 주의 별자리점을 보며 불안을 독촉하다 사무실로 들어와 일을 시작한다. 그러면 그저 여느 때와 같은 업무가 주어질 뿐임을 알게 된다. 지난밤 나를 살리고 죽이던 일생일대의 과제는 그저 나의 하루 몫의 노동일 뿐이다. 이건 예시일 뿐, 생각의 습관은 이렇게 부정적이고 강박적인 방식에 익숙해졌다. 결국 내가 직시해야 하는 건 다음 날 해야 할 나의 과중한 업무가 아니라, 그렇게 생각을 거듭함으로써 스스로를 괴롭히는 습관을 어떻게 하면 개선할 수 있느냐다. 지나고 나면 지나쳐 버린 게 중요할 수도 있고, 집착했던 게 아무것도 아닐 수 있다. 순간과 하루에 집중하는 고양이의 습성을 닮고 싶다.

고양이를 생각하니 장 그르니에가 떠오른다. 그르니에는 기르던 개 타이오와 고양이 물루에 관한 에세이를 썼는데, 그의 글을 읽으면 그들이 작가의 가족이자 벗이자 스승임을 알 수 있다. 데려다 키우고 함께하는 일상뿐 아니라 그르니에는 타이오와 물루가 안락사를 하기까지의 모든 과정을 회상하고 기록했다. 길에서 데려다 키운 물루는 그르니에의 불안을 잠재울 수 있는 사랑 대상이다. 그르니에는 아침마다 자신의 서재를 방문하는 물루에게 말한다. 물루야, 내 불안을 잠재워 다오. 물루는 아주 태연하게 제 할 일을 하지만 그런 느리고 유연한 물루를 보며 그르니에는 마음의 안식을 얻는다. 그르니에에게 동물은 인간과 다르지 않다. 반려견 타이오를 회상하며 쓴 『어느 개의 죽음』에서 동물은 보살피는 대상인 동시에 삶의 동반자로 묘사된다. 생명을 지닌 소중한 존재로서 그의 생태를 존중하고 감정을 보듬는 손길이 느껴진다. 부끄러운 일이지만 나에게 그런 대상과 함께하는 건 여전히 어려운 꿈 같다. 이제껏 그런 경험을 해 보지 못했을 뿐만 아니라, 이미 두 차례나 반려동물과 함께할 기회가 왔지만 실패했기 때문이다. 집 안에 닥친 불미스러운 사건으로 우리 집에 온 동물을 책임지지 못했다고 하기엔 내 노력이 미미하다. 그래서 개나 고양이와 함께하는 생활이 내가 그리는 미래의 소망 중 하나가 되었다. 그런 날이 온다면 그들이 건강하고 행복하게 지낼 수 있도록 최선을 다해 보살피고 싶다. 그런 날은 내가 나 자신을 건강하게 보살필 수 있을 때 올 것 같다. 내가 내 생활을 잘 유지하고 내 곁에 물루나 타이오와 같은 반려동물이 함께하는 날을 소망한다.

학생 시절, 장 그르니에 같은 스승을 만났다면 어땠을까. 알베르 카뮈의 스승인 장 그르니에는 마음에 깊이 남는 에세이를 쓴 작가이지만 무엇보다 참스승이다. 그르니에는 누군가를 가르치거나 훈계하지 않는다. 가르치려 들지 않는 것이 얼마나 어려운지, 그리고 그런 태도가 삶에 배어 있지 않으면 배우는 이가 금방 알아채고 결코 마음을 열지 않는다는 것을 누군가를 가르친 경험이 있는 이는 알 것이다. 그르니에 선생은 상대를 찬찬히 살피고 그에게 필요한 것이 무엇인지 조용히 챙긴다. 그는 지면이 필요한 학생들이 잡지에 글을 게재할 수 있도록 애써 준다. 그르니에를 처음 맞닥뜨린 카뮈가 그를 마치 '꼰대 어른(?)'의 대변자라도 되는 양 불신하는 표정과 몸짓을 보여도, 그는 그런 카뮈가 왜 그러는지를 먼저 살핀다. 그러고는 카뮈가 자신을 드러내는 대상으로 택한 글쓰기 여정을 함께 걷는다. 그르니에는 카뮈의 가난과 불행에 대해 먼저 동정하거나 서툰 말을 던지는 대신 제자가 자연스럽게 자신에게 다가올 수 있는 여백을 내어 준다. 그르니에는 동물도 그렇게 대한다. 주인 행세를 하는 것이 아니라 동물을 지켜보고 동물에게 말을 걸고 동물에게 배우며 함께 살아간다. 나도 언젠가 고양이와 살게 된다면 아침마다 그르니에처럼 이렇게 말하고 싶다. 사랑스러운 그대, 내 불안을 잠재워 다오.

나의 손

중년이 되면서 예상치 못한 몸의 변화를 경험한다. 몰아치듯 일하고 나면 어느 순간 번아웃이 온다. 마음이 일을 거부하고 몸에 이상 반응이 오는 기분 나쁜 증상. 머리는 멍해지고 모든 게 시들해지고 짜증이 나고 일과 관련한 무엇도 손에 잡히지 않을 때, 이 위험 신호가 목까지 찰 때 짐을 싼다. 통영으로 내려가는 다섯 시간 동안 머릿속에는 오만 가지 상념이 떠나질 않는다. 내려가는 내내 마무리하지 못하거나 처리해야 할 일을 생각하며 걱정하고 지겨워한다. 이따금 차창 밖을 보지만 마음은 여전히 일 속에 있다. 진주쯤 내려가면 산세가 한층 짙어지는데 그때부터 마음이 조금씩 풀린다. 신기하게도 남쪽으로 내려가면 갈수록 긴장이 누그러진다. 내려온 첫날은 숙소에서 내리 잔다. 잠을 깊이 자지 못하는 내게 숙면은 피로를 푸는 데 큰 도움이 된다. 다음 날에는 무리하지 않는 선에서 산을 오르거나 바다를 보러 다닌다. 이리저리 쏘다니다 보면 내 안에 차츰 긍정이 번진다. 물론 잘 안 될 때도 많다.

그림책은 '번아웃 끝판왕'일 때 선택한 나름의 처방이었다. 여러모로 중요한 전시의 도록 편집을 마무리하고 나자 어김없이 번아웃이 찾아왔다. 게다가 이번 번아웃은 실패했다는 자괴감 형제와 어깨동무를 하고 찾아왔다. 뭐든 해야 살 것 같았는데 마침 평소 흠모하던 책방에서 그림책 수업을 열었다. 일이 끝나면 다시 프리랜서 생활로 돌아갈 테니 수업을 들을 수 있겠거니 하고, 마음 바뀌기 전에 달려가 6개월 과정의 수업을 신청했다. 그런데 수업을 네 번도 채 듣기 전에 다시 취업을 하게 되었다. 선생님도 좋고 수업을 함께 듣는 동료들도 좋은데 일 때문에 도통 수업을 들을 짬이 나지 않았다. 접어야 하나 했는데 다행히 기회가 없어지지 않았다. 선생님이 수업이 끝나도 반년 뒤 열 단체 전시회까지 한 달에 한 번씩 만나 각자 작업에 대해 합평해 주겠다고 했다. 미래 그림책 작가들도 불량 학생을 외면하지 않고 길동무가 되어 주어 전시에 함께하기로 결심했다. 수업 첫날 창작하고 싶은 그림책에 대한 계획서를 작성해 오라고 숙제를 내 주었는데, 그때 선생님께 보여 드린 원고가 '나의 손'이다.

'나의 손'을 쓰게 된 계기가 있다. 사회인의 업무는 자신의 능력을 증명하는 과정이기도 하다. 주어진 일은 잘해 내야 하고 실수하면 안 되고 자기가 그 업무에 유능하다는 걸 검증받아야 한다. 회사에 출근한 어느 날 할 일이 벅찬 나머지 화가 났다. 모든 게 싫어졌다. 회의적인 질문들이 자꾸 올라왔다. 왜 뭔가를 잘해야 나의 가치를 인정받을 수 있지. 나는 그저 나 자체로도 소중한 거 아닐까. 회사 건물 옥상에 올라가 하늘을 봤는데 비 온 뒤 무지개가 떠 있었다. 인스타그램을 여니 지인들이 무지개 사진을 올리며 감상을 적어 놓았다. 무지개를 보다가 문득 이런 생각이 들었다. 내가 지금 보는 이 무지개를 누군가도 보고 있구나. 나처럼 자신을 증명하기 위해 애쓰다 지친 누군가도 이 무지개를 보고 있을까. 그러면서 그 사람에게 이야기를 들려주고 싶었다. 뭔가 증명하지 않아도 당신은 당신 자체로 소중하다고. 이 말은 내가 듣고 싶은 말이기도 했다. 자리로 돌아와 이야기를 하나 썼다. 나의 손에 관한 이야기였다.

그렇게 해서 그림책 더미북 만들기에 도전하게 되었다. 돌이켜 보니 예전 통영에서 시작한 그림책 작업을 잇게 된 셈이다. 그림책 작업은 대개 통영에서 했다. 첫날 길게 자고 나서 맛있는 거 먹고 좋은 거 보며 몸과 마음을 이완한다. 집에 돌아와 그림책 작업에 필요한 도구들을 꺼낸다. 클래식 채널에 라디오 주파수를 고정시키고 그림책 한 페이지를 완성하기 위해 일하느라 둔감해진 나의 손을 부른다. 나의 손, 이제 작업할 시간이야. 그동안 지겨웠지? 이제 너의 이야기를 들려줘. 이야기는 어느 정도 다듬어졌는데 이미지 구성하기가 쉽지 않았다. 수업을 같이 듣는 동료들은 대부분 그림을 전공하거나 일러스트 작가로 활동하는 분들이었다. 전시에 참여하기로 한 멤버 중 나만 유일하게 편집자였다. 그래서 내 글에 맞는 이미지를 구성하고 표현하는 것 자체가 생소하고 두려웠다. 그림을 그려 본 지 한참이라 내 글에 맞는 이미지를 그려 줄 작가와 협업해 볼까도 고민했는데, 선생님의 조언이 혼자 하기로 결심하는 데 도움이 되었다. 언젠가 선생님께 고민을 털어놓았는데, 그림을 잘 그리겠다고 생각하기보다 표현을 잘하는 데 중점을 두라며 여러 권의 그림책을 보여 주었다. 그 중 이보나 흐미엘레프스카라는 폴란드 작가의 그림책이 눈에 들어왔다. 『할머니를 위한 자장가』에서 작가는 레이스 천이나 노끈 등과 같이 일상 오브제를 활용하여 글의 느낌과 어우러지는 푸근하고 사랑스러운 이미지를 연출했다. 나도 예전에 그림책을 구상하려고 통영에 올 때 스케치북과 풀과 가위, 어릴 적 사진들을 들고 왔다. 사진들을 오려 스케치북에 붙이고 사진 속 풍경과 함께 당시 일들을 글로 적었다.

집에 가서 그때 스케치북에 만들어 놓은 콘티북을 찾아 넘겨 보았다. 사진을 오려 붙이기도 하고 그림과 글을 덧붙이기도 하며 구성한 나의 첫 그림책을 오랜만에 다시 펼쳤다. 작업을 포기했기 때문에 스케치북을 다시 볼 거라곤 생각 못 했는데 기분이 묘했다. 당시엔 진짜 엉터리라고 생각했는데 다시 보니 나름 재미도 있고 표현도 그럴싸해 보였다. 버리지 않기를 잘했구나. 이보나 작가와는 비교할 수 없지만, 실패라고 생각한 그때에도 뭔가 표현해 보려고 노력했구나. 내 자리를 찾아온 걸지도 모르겠구나. 그래, 다시 해보자. 못하면 어때. 누군가에게 증명하기 위한 일이 아니니까 부담 갖지 말고 즐겨 보자. 나의 손과 논다고 생각하자. 그 마음으로 '나의 손'을 1년간 그렸다. 잘되지 않을 때가 훨씬 많았다. 피로감 때문에, 어색함 때문에 차마 그림 도구를 꺼내지 못할 때가 더 많았다. 그래도 놓지 않은 건 손으로 하는 작업을 내가 오래전부터 좋아해서인 것 같다. 그렇게 작업한 그림책 더미북으로 지난해 그림책 동료들과 서울 마포구 합정동에 있는 전시장에서 일주일간 더미북 원화 전시회를 열었다. 전시 제목은 '홀씨 일곱 개'. 전시를 함께 준비한 분들은 모두 너무나 멋진 미래의 그림책 작가들이었다. 지금도 인연을 이어 나가는 참 고운 그림책 도반들이다.

내가 무엇을 하면 기분이 좋고 마음이 편안한지 아는 게 중요한 것 같다. 나는 손으로 뭔가를 집중하며 만들 때 기분이 좋고 마음이 편안해진다. 손으로 하는 그 작업에 딱히 목적이 없어도 신이 나고 무언가를 완성시켜 주변 사람들에게 보여 주며 칭찬을 듣는 것도 즐겁다. 전시 때 용기를 내서 서툰 내 그림책을 주변인들에게 보여 주었을 때 그들이 내게 보인 긍정적인 반응이 내 자존감을 높여 주기도 했다. 전시회에 오진 않았지만 마음이 맞거나 힘들어 보이는 이에게 하고 싶은 말을 들려주는 기분으로 '나의 손' 파일을 보여 주기도 했다. 그러고 보니 통영에 갈 때는 늘 작업할 뭔가를 챙긴다. 지금보다 나이가 더 들었을 때 나는 뭘 하고 있을까. 머리보다는 손으로 뭔가 하고 있을 것 같다. '나의 손'이 내게 그렇게 말한다.

나의 손

세상에는 수많은
손이 있어요.

엄마 손, 아빠 손,
언니 손, 오빠 손,
할머니 손, 할아버지 손,
이웃 손, 친구 손.

재미있게 노는 손,
무언가 들여다보는 손,
그리거나 쓰는 손,

세상 앞에 당당히 서 있는 손,

누군가를 그리워하는 손,

누군가를 만나 반가워하는 손.

때론, 자신감을 잃고 웅크리고 있는 손.

많이 가진 손, 적게 가진 손,

나를 괴롭히고 싶은 손,

남의 것을 빼앗고 싶은 손,

빼앗긴 손,

길을 잃고 방황하는 손.

세상에서 만나는 수많은 손들,

나는 그 손들과 만나

기쁘거나 슬프거나

서로서로 영향을 주고받아요.

하지만 그 어떤 손을 만나든

나의 손을 찾는 것이 중요해요.

그 손이 무언가를 잘하지 못해도 괜찮아요.

그 손이 하늘과 구름과 별을 바라보아도 괜찮아요.

그 손이 바다와 산과 하늘을 바라보아도 괜찮아요,
나의 손은 언제나 나의 손이니까요.

세상에서 만나는 수많은 손들,
그 어떤 손을 만나든
나의 손을 찾는 것이 중요해요.

그 손이 무언가를 증명하거나
그 손이 무언가를 많이 가지지 않아도
그 자체로 소중하고 생명력 있어요.

가능성으로 가득 차 있어요.

나의 손은 그 자체로 소중해요.

잃어버린 시간

어떻게 하면 일상의 피로감에서 벗어날 수 있을까. 어떻게 하면 하루를 잘 보낼 수 있을까. 어떻게 하면 떨어진 체력을 살릴 수 있을까. 연말이 되면 이런 고민을 한다. 지난 시간 매년 노화와 번아웃으로 오는 증상들을 겪으며 내가 매해 얼마나 무리하며 사는지를 실감한다. 어떻게 살았더라. 생각해 보면 잡지든 단행본이든 매달 마감이 있었다. 건너뛴 달이 거의 없었다. 마감과 함께 달을 보내고 해를 넘기다 보니 이 나이가 되었다. 많은 사람이 그렇게 살지만 나도 아등바등 뭔가가 되려고, 뭔가를 얻으려고 질주했다. 지금은 열심히 사는 만큼 쉼표가 필요하다는 걸 알지만, 뭔가를 얻으면 뭔가를 잃게 된다는 걸 알지만 그전에는 정말이지 무식하게 일했다. 그래서인가, 뒤를 돌아봐도 이전 시간들이 떠오르지 않는다. 마치 시간을 잃어버린 것 같다. 그런데 최근 여행의 기억은 오감으로 남아 있다. 벌써 5년이나 지났지만. 코로나가 심각해지기 직전 그해 겨울 간 유럽 여행의 기억은 냄새도 이미지도 감정도 생생하다. 번아웃이 와서 전전긍긍하던 때, 독일에 사는 친구 B의 도움으로 갑자기 끊은 비행기 티켓과 숙소 예약. 팬데믹이 닥쳐와 그 이후 지금까지 여행을 하지 못하게 될 건 예상하지 못했지만, 그때 여행이 내게는 전환점이 되었다. 지금 내 기억은 여행 전과 후로 나뉘는 것만 같다.

2019년 1월 말. 프랑스. 파리 시내에서 한 시간 정도 떨어진 생투앙. 벼룩시장과 몽마르트 언덕이 가까운 가리발디역 근처 숙소. (파리에서 지하철로 일곱 정류장 정도 간 것 같다.) 44번가라 쓰인 낡은 빌라는 지은 지 100년도 넘었는데 에어비앤비로 활용하기 위해 리모델링을 했다고 한다. 숙소 근처 카페에서 주인을 만나 열쇠를 넘겨받고 간략한 숙소 사용법을 전달받으며 B와 나는 주인의 프랑스 자랑, 숙소 자랑을 30분도 넘게 들어야 했다. 그가 먼저 일어났는데 자기가 마신 맥줏값도 안 내고 가 버렸다. 신사는 아니었다. 3층 숙소로 오르는 계단. 인천공항에서 베를린에 살고 있는 B에게 가서 함께 5일을 보내고 각각 다른 교통편으로 이곳 생투앙 숙소 앞에서 만났다. 시간을 뒤로 돌려 본다. 베를린으로 떠나기 하루 전 마감을 하고 피곤에 절어 비행기에서 내내

베를린 곳곳의 풍경을 눈에 담던 시간. 베를린 여행은 내 삶의 전환점이 되었다.

잤다. 프랑스를 경유해 독일 공항에 도착하자 B가 마중 나와 내게 맥줏병을 흔들었다. 우리는 각자 손에 맥주 한 병씩 들고 마시며 사마리타플라츠로 가는 버스를 탔다. 베를린의 밤은 생각보다 더 어두웠지만 조도가 맘에 들었다. 한국에서 에어비앤비로 예약한 숙소에 도착. B는 내가 싸온 컵라면을 먹고 나는 인도인 집주인의 동선을 따라다니며 숙소 사용법을 배웠다. 영어도 익숙지 않고 세 마리 개가 정신 사납게 뛰어다니는 통에 그야말로 '멘붕'이었다. 게다가 친구도 없이 혼자 이곳에서 닷새를 자야 하다니. 울상이 된 내 표정을 보더니 B가 말했다. 언니, 아직 애구나. 맞아, 나 애야. 저 인도 아저씨랑 어떻게 한집에서 닷새를 사냐고. 얼른 나가고 싶었다. B는 나를 데리고 인근 인도 식당에 데려갔다. 우리는 난과 카레, 맥주를 마시며 서로 묵은 안부를 물었다. 사마리타플라츠는 밤거리가 근사한 곳이었다. 어둡고 날이 쌀쌀했지만 골목 풍경이 근사했다. 저녁을 먹는 와중에 B가 종이 한 장을 내밀었는데, 5일간 이곳에서 나와 함께 다닐 곳 등을 일목요연하게 정리한 그림이었다. 당시는 고마운 줄도 몰랐지만 지금 생각하면 친구의 배려가 참 고맙다.

베를린. 지금 생각하면 너무나 근사한 시간이다. 알렉산더플라츠에서 들른 시네마 카페. 시내 구경을 하다 비가 와서 들른 카페 앞 포도에서 안네 프랑크의 생가가 그 자리에 있었음을 설명해 주는 동판을 발견했다. 나치의 박해를 피해 숨어 살다 결국 가족이 모두 수용소로 끌려간 비극을 겪은 안네. 그가 이전에 이 자리를 오갔을 생각을 하니 와락 눈물이 쏟아졌다. 비 오는 거리를 바라보며 B와 우리의 지나간 대학원 시절을 회상했다. B는 한국에서 대학원을 수료하자마자 이곳 베를린으로 왔고, 나는 논문이 통과되자마자 돈을 벌러 출판사에 취직했다. 4년이 지나 우리는 이곳에서 만나 지나간 우리의 추억과 현재의 고민을 나누었다. 나보다 열 살 어린 B는 진로 고민이 깊었고, 나는 일이 주는 피로감과 기약 없는 일상에서 오는 우울감에 기력이 소진된 상태였다. B는 다양한 곳에 나를 데려갔다. 그가 다니는 베를린 자유대학의 학생식당 음식도 맛보게 해 주고, 쿠르메 랑케(직역하면 '구부러진 호수'라는 뜻이다.)라는 이름의 호수에도 데려갔다. 비 오는 호수에서 나체로 수영하는 독일 남자를 보기도 했다. 옛서독과 동독 중간에 위치한 사마리타플라츠에는 서독 시절 관저도 있었고, 철학자의 이름을 딴 거리도 있었다. 동네 서점을 기웃거리거나 골목을 다니며 건물에 그려진 그래피티를 구경하기도 했다. 전차가 보이는 카페에서 아침으로 먹은 크루아상과 커피. 그날 차창 밖으로 맥주병을 들고 마시며 산책하는 독일 할머니를 봤다. 베를린에서 가장 마음에 든 건 조도와 분위기다. 낮이든 밤이든 어디나 한국처럼 지나치게 밝지 않았다. 사람이 많이 모인 곳이라도 어디나 적당히 생기 있었다. 내게 베를린은 과잉이 없는 곳으로 기억된다. 베를린에서 프랑스로 떠나기 전 B와 나는 우리

방식의 대학원 졸업식을 치르는 의미로 아랍인 미용사에게 머리카락을 맡겼다. (굉장히 수다스럽고 체격이 큰 아랍인 미용사는 섬세하고 현란한 가위질로 무려 세 시간 동안 우리의 머리카락을 잘라 주었다.) 그리고 우린 각자 비행기를 타고 이곳 생투앙에서 만났다.

나무 계단의 삐걱이는 소리. 계단이 되기 전 나뭇결마다 시간차에서 오는 소리의 다름까지 느껴지는 듯한 육중한 소리. 열쇠를 밀어넣고 문을 열자 펼쳐지는 숙소 풍경. 침실 침대에 깔린 하얀 침구. 아담하지만 깔끔하고 야무지게 도구가 구비된 주방, 하늘색 페인트가 칠해진 벽 한 면에 놓인 작은 식탁, 흰 커튼 너머 바라보이는 생투앙의 골목과 집들. 뒷마당에 심긴 초록색 풀들, 깔끔한 화장실과 피아노. 손님에게 맥줏값을 치르게 한 숙소 주인의 만행이 용서될 만큼 숙소는 완벽했다. 독일에 있을 때 B의 집에는 히스테릭한 화가 룸메이트 때문에, 내가 묵은 에어비앤비 숙소엔 인도인 남자와 정신없는 개들 때문에 주로 밖에서 만났지만 이제 자유다. 시간에 구애받지 않고 드나들 수 있고, 요리도 할 수 있고, 밤새워 먹고 마실 수도 있다. 프랑스에서도 술이 빠질 수 없다. 근처 마트에 가서 장을 봐서는 저녁을 지어 먹고 와인을 땄다. 와인이 정말 싸고 가격에 비해 꽤 맛있었다. 늦은 밤 술이 떨어져서 더 사다가 우린 새벽 내내 마시며 수다를 떨었다. 친구의 피아노 연주도 기억이 난다.

전날 숙취를 안고 다음 날 우리는 오르세미술관에 갔다. 넓은 전시실의 수많은 그림을 뒤로하고, 고갱을 기다리며 고흐가 그린 노란 방. 그 그림만 봤다. 고흐의 방 그림을 보는 게 목적이었으니 이곳에 온 목적은 이루었다. 미술관에 갈 때 대개 나는 그림 한 점을 정하고 그 작품만 아주 오래 보는 편이다. 오르세에서는 고흐의 방만 보고 싶었다. 작업을 할 수 있는 방. 결혼 전 내 소원은 그런 방을 갖는 거였다. 방세 걱정 없이, 안전하고 편안한 나만의 방이 주어지면 얼마나 좋을까. 원 없이 책 읽고 글 쓰고 먹고 잘 수 있는 나만의 공간이 주어지면 얼마나 행복할까. 그 생각이 내내 젊은 시절 나를 춤게 했다. IMF로 집을 잃은 우리 가족은 여기저기 흩어졌고 나는 고시원 생활을 잠시 했다. 좁고 외로운 곳에서 이십 대를 버티고 버텼다. 파리 한복판에서 그림을 보며 청승맞게 그런 생각을 했다. 그림을 보고 나서 우리는 숙취로 묵직한 머리를 감싸고는 미술관 안 카페에 나란히 앉아 커피를 홀짝였다. 그러고는 그림을 더 보는 건 접고 미술관 입구 계단에 앉아 담배를 나눠 피웠다. 계단 맞은편에 외국인 두 명이 버스킹을 하고 있었는데 기타 연주는 좋았고 보컬은 별로였다. 비몽사몽 그렇게 앉아 있다가 우리는 파리에서 어학 연수 중인 M을 만났다. 포옹을 나누자마자 우리는 M의 안내로 파리 몽파르나스 묘지까지 걸어갔다.

파리에서 세 번째로 큰 묘지인 몽파르나스 묘지에는 사르트르, 보부아르, 데리다 등 프랑스의 유명 문인, 철학자들이 묻혀 있

다. 14구역 몽파르나스 묘지 78번. 내 눈에는 78번 뒤라스의 묘
가 가장 먼저 눈에 띄었다. 뒤라스의 묘라니, 마르그리트 뒤라스
의 『모데라토 칸타빌레』는 한국에서 내가 들고 온 유일한 책이었
다. 지친 내가 그 와중에도 읽고 싶은 작가였다. 망설일 틈 없이
78번 묘를 찾아 걸어갔다. 화분 몇 개가 놓인 그의 묘에서 시선을
끄는 건 팬들이 두고 간 수많은 펜(pen)들, 공연 팸플릿, 머리끈.
그리고 묘비석에 새겨진 두 이름 마르그리트 뒤라스, 얀 안드레
아. 뒤라스의 책을 들고 한국에서 온 나, 그런 나를 뒤라스의 묘지
로 우연히 데려다준 친구, 눈앞에 놓여 있는 뒤라스의 흔적들 너
머로 이십 대 때 그의 책들을 읽으며 느낀 울렁거림이 되살아나
는 기분이 들었다. 아, 뒤라스는 여전히 만인의 연인이구나. 마르
그리트 뒤라스는 책을 사랑하는 이들에겐 연인 같은 존재, 청춘
같은 존재다. 내게도 뒤라스는 이십 대의 나를 소환하는 촉매제
와 같다.

　뒤라스를 닮은 내 어린 친구 B는 자신에게 솔직하고 자신을
발견하고 성장시키기 위해 노력한다. 위태로운 삶이지만 매 순간
자기 자신이기 위해 최선을 다하고, 이국 땅에서 글을 쓰고 번역
하며 꿋꿋하게 살아가고 있다. 나는 친구의 그 모습 자체가 멋지
다. 지금은 더디게 나아가는 것처럼 느껴지겠지만 시간이 지나면
스스로를 더 긍정하게 될 것 같다. 나는 어떨까. 나는 좀 용감해져
야겠다. 파리 시내 오래된 성당에 들어가 그렇게 기도했다. 센강

을 걷고 사르트르 대성당 앞 벤치에 앉아 첨탑을 바라보고(성당은 몇 달 뒤 화재로 전소된다.), 샤틀레 거리를 걷다 갑자기 내린 비를 피하려고 카페에 들러 샴페인을 마셨다. 비가 개자 어딘가에서 스태프임 직한 사람들이 우르르 나와 조명을 켜고 하얀 미니스커트 드레스에 면사포를 쓴 여성 모델을 향해 셔터를 눌러 댔다. 모델은 포도 난간 위로 올라가 한 다리를 올리며 포즈를 취한다. 영화 속 한 장면 같은 그 신 앞에, 담배를 피우며 와인을 마시는, 영화배우같이 생긴 프랑스 남자가 앉아 있다. 모델과 남자를 유리창 안에서 함께 찍었다. 이 장면을 내가 바라보고 있는 게 신기했다.

생투앙을 떠나던 날은 비가 왔다. 짐을 꾸려 공항으로 가려고 문밖을 나서는데 문 앞에 책 한 권이 떨어져 있었다. 마르셀 프루스트의 『잃어버린 시간을 찾아서』원서 1권 「스완네 집 쪽으로」였다. 낡은 원서 표지 뒷면에는 누군가의 서명이 흐릿하게 쓰여 있었다. 젖은 책을 비닐에 넣어 한국행 비행기를 탔다. 그리고 이 글을 쓰는 지금, 나는 시간을 돌고 돌아 마르셀 프루스트가 코르크로 벽을 둘러싸 소음을 차단한 방에서 14년 동안 쓰고 또 쓴 『잃어버린 시간을 찾아서』의 원서 7편 한국어판 13권의 완간을 편집하고 있다. 작년에는 마르그리트 뒤라스의 『태평양을 막는 방파제』를 편집했으니(뒤라스의 『연인』의 모태가 되는 작품이다.) 지금 생각해도 신기한 인연이다.

책을 좋아하는 이에게 마르셀 프루스트의 『잃어버린 시간을 찾아서』는 언젠가 완주하고 싶은 레이스일 것이다. 나 역시 '무한정 시간이 주어질 때' 하고 싶은 것들 목록 일순위였다. 문학이나 철학 수업에 빠지지 않고 등장하는 의식의 흐름을 통한 기억의 연상은 독서로 이어지기보다 카페에서 마들렌과 홍차를 시켜 놓고 멍때리는 시간으로 연결되곤 했지만. 그럴 때 내 의식에 두둥 떠오르는 건 대개 지나간 흑역사의 장면들. 그때 나는 대체, 무엇 때문에, 그랬던 것인가. 청년기 1권부터 읽어 나갈 땐 이 책이 낭만적이라고 생각했다. 어느덧 중년기 13권에 이른 지금은 이 책이 아주 현실적으로 읽힌다. 의식은 지난 기억들을 뫼비우스의 띠처럼 (왜곡하거나 과장하거나 은폐하는 방식으로) 떠올린다. 마들렌의 향이 촉매가 되어 순간적으로 명징하게 떠오르는 기억의 장면도 미완으로 완성될 뿐이고, 기승전결에서 '결'은 아직 도래하지 않는다. 때로 현실은 비현실적으로 현실적이다. 시간이 지나며 이 책을 읽는 관점도 달라졌다. 예전엔 마르셀의 유년기 사랑과 질투, 상실과 열망에 초점을 두고 읽었다. 지금은 개인적 차원을 넘어서서 프루스트 시대의 삶이 눈에 들어온다. 이 책 전반을 아우르는 주제는 변함이 없다. 이 책은 프루스트 곁에 머물거나 스쳐 간 타자에 대한 이야기, 그 사랑에 관한 이야기다. 아무리 그래도 14년 동안, 수천 장이나 되는 글을 쓰다니, 지독한 프루스트.

프루스트는 왜 글을 써야 했을까. 얼마 전 지인이 『잃어버린 시간을 찾아서』의 주제가 무엇인 것 같으냐고 내게 물은 적이 있다. 나는, 이 책은 프루스트가 잃어버린 사랑에 관한 이야기인 것 같다고, 프루스트 시대가 지워 버린 사람들을 호명하는 작업인 것 같다고 대답했다. 기나긴 전쟁 시기를 버티기 위해, 존재에 드리워진 물음표에 대한 답을 찾으려고 프루스트는 글을 썼지만 이 책은 '진짜' 사랑에 관한 이야기다. 벨에포크 시기, 부와 권력을 지닌 이들에겐 그야말로 호시절이겠지만 문명과 예술의 격에 맞지 않는 거친 것들은 은폐되고, 못 미치거나 못 가진 소수자들은 스스로의 결핍을 감춰야 하던 시절. 프루스트는 그 시기 지워진 소수자를 기억해 자신의 언어로 되살리고, 상실한 사랑에 대한 애도 작업으로 글을 써 나갔다. 글쓰기는 프루스트가 오늘 지향할 수 있는 최선의 윤리적 내일이었을 것이다.

『잃어버린 시간을 찾아서』는 모든 편이 흥미롭지만 11권(원서로는 6편 「사라진 알베르틴」)은 유독 긴장을 놓칠 수가 없다. 쾌락과 욕망을 대변하는 미지의 땅 고모라의 본성을 지닌 알베르틴. 그런 그녀를 붙잡으려 하는 마르셀. 어느 날 그녀는 편지 한 장 남기고 그의 곁을 떠난다. 그녀의 부재에 이어 전해진 알베르틴의 죽음. 사랑하는 연인을 상실한 슬픔에 이어 죽음이라는 타격을 입은 마르셀은 지나간 그녀의 행적을 탐정처럼 집요하게 추적한다. 알베르틴의 부재의 원인을 알려 한 마르셀은 이제 알베르틴의 본질 자체를 알고 싶다. 마르셀이 택한 이 행위는 사랑 대상의 상실로 인한 우울증에서 벗어나기 위한 애도 작업이지만, 삶을 보다 잘 알고 싶다는 의지로도 읽힌다. 상실로 인한 고통으로 인해 마르셀은 조금 자란 것이다. 하지만 마르셀은 결코 그녀의 본질을 알 수 없다. 알베르틴은 하나가 아니니까.

수많은 시간 속으로 여행을 가고, 꿈과 환상 속에서 다시 체험하는 알베르틴은 하나의 얼굴을 가진 사람이 아니라 '시간에 의해 증식되고 변화하는, 망각 속에 지워지고 기억에 의해 다시 살아나 앞의 얼굴을 지워 버리는 무한한 얼굴'의 알베르틴이다. 무한한 육체를 가진 연인을 애도하기 위해서는 순간의 흔적을 무한히 반복해 차이를 만들어야 한다. 알베르틴에 대한 집요한 탐구를 통해 마르셀은 자신의 사랑 역시 단일하지 않음을 깨닫는다. 어제 내가 느낀 질투의 감정이 오늘 내가 느낀 질투의 감정과 다르고, 내 사랑의 감각 또한 어제와 오늘이 다르다는 것. 타인이 지닌 이타적 요소를 통해 나 자신의 이질성을 깨닫는 과정 속에서 마르셀은 '오늘의 나는 내일의 나에 대해 영원히 타자'임을 알게 된다. 마르셀은 사랑하는 이를 상실한 고통을 경유해 나라는 타자와 만난다. 잃어버린 알베르틴을 찾아 떠난 마르셀은 잃어버린 나 자신을 발견한다. 『잃어버린 시간을 찾아서』를 1권부터 다시 읽으며 새삼 프루스트가 참으로 위대한 작가라는 생각을 한다. 그의 손끝이 빚어낸 글쓰기는 마치 유기체처럼 프루스트 자신과 일치하는 듯 살아 숨 쉰다. 프루스트가 만든 글쓰기의 공간에는 이질적인 두 세계가 공존하고, 이질적인 두 성^性이 공존하고, 나와 타자가 각자의 이질성을 지닌 채 공존한다. 삶은 고정되어 있지 않고 끊임없이 기쁨과 슬픔, 사랑과 상실을 지향한다.

나의 '잃어버린 시간'을 찾고 싶다.

2부 | 봉수아,
봉수아

무용이

이제 내가 통영에 이렇게나 자주 가게 된 '찐이유'를 말해야겠다. 아무리 통영이 좋다 해도 지방에 자주 가려면 물적 토대가 필요하다. 매번 내려갈 때마다 교통비가 많이 들고 숙소를 잡아야 한다면 그리움이 암만 커도 자주 내려갈 수 없으니까. 어느 곳이든 집이 아닌 곳에 가면 돈이 많이 든다. 내게는 언제든 내려가 묵을 수 있는 숙소가 통영에 있다. 아니 생겼다. 그곳은(1부 '잃어버린 시간을 찾아서' 편을 참고 바람) 숙소 앞에 우연히 떨어져 있던 프루스트의 「스완네 집 쪽으로」만큼이나 우연히 내게, 선물처럼 주어졌다.

대학원을 졸업한 해부터 나는 은휘의 입시를 위해 취직을 하고 돈을 모았다. 음대 진학을 하려면 레슨비는 기본이고 학비며 기숙사비며 적지 않은 돈이 필요하기 때문에 은휘가 피아노를 전공하겠다고 선언한 그날부터 돈 되는 일은 가리지 않고 맡았다. 그런데 은휘가 고등학교 3학년 1학기 때 피아노 입시를 접기로 하고, 그 이유를 수긍하기는 했지만(1부 '피아노' 편을 참고 바람) 허탈감과 피로감 등이 겹쳐 번아웃에 몸과 마음이 묶여 버렸다. 그 시기 통영 사는 사수가 바람 쐬러 오라고 해서 버스를 타고 남쪽으로 내려갔다. 봉숫골 근처 카페 '몸과 마음'에서 사수와 차를 마시다, 나는 사수에게 선배로부터 이 동네에 엄청 오래된 아파트가 있다는 소식을 들었다고 말했다. 봉숫골 사는 지인이 선배에게 그 아파트 한 채 사라고 했다고, 나도 그 아파트가 궁금하다고. 내 말을 들은 사수가 지인 중 부동산 하는 사람이 있다 하더니 그에게 전화를 했다. 그래서 뜬금없이 사수와 함께 아파트를 보러 갔다. 아파트 단지는 입구부터 낡음이 묻어났다. 5층짜리 건물이 10동 정도 되는 주공아파트였다. 단지 앞에 길고양이들이 눈에 띄게 많았다. 부동산 분이 우리에게 보여 준 아파트 안은 외관보다 더 허름했다.

13평이 채 될까, 지은 지 40년이 넘은 그 집에서 그동안 몇 집이 살다 나갔다는데 당시 살던 세입자는 20년째 난방도 없이 살고 있었다. 10년 전 석유 보일러가 고장 난 이후 전기장판으로 대체하고 있단다. 방이며 거실이며 화장실이며, 집 안 모든 게 낡아 70-80년대 드라마 세트장 같기도 했다. 세입자는 죽림의 새 아파트를 분양받아 이사 간다며 흐뭇한 미소를 지었는데, 그 말씀에 사수와 나는 진심으로 축하를 드렸다. 집을 둘러보다 작은 방을 통해 발코니로 내려갔는데 창문 너머로 커다란 나무가 보였다. 자세히 보니 소나무 같기도 하고 잣나무 같기도 한 상록수였는데, 이 집만큼이나 오래되어 보였다. 가까이 가니 키 큰 나무 주변으로 같은 종의 나무 두 그루가 더 있었다. 한참 나무를 바라보는데 뭔가가 올라왔다. 향수 같은 아련한 기분. 왠지 마음이 가는 나무였다. 이 집을 갖고 싶어졌다. 자고 일어나면 창밖으로 나무 삼형제가 보이는 집. 그 오래된 나무를 오래 바라보고 싶었다.

당시 은휘 덕분에 목돈이 좀 있었다. 은휘는 집 뒤 2년제 대학 호텔관광과를 지원했다. 내신 등급을 고려하지도 타 학교를 중복 지원하지도 않고 쿨하게. 걸어서 다닐 수 있다는 이유로 아이는 집 뒤 대학을 택했다. (그리고 이 아이는 3년 뒤 '근육 돼지'가 된다.) 학비가 싸고 기숙사 생활을 하지 않아도 되니 내 부담이 5분의 1로 줄어들었다. 그래서 평소라면 통장에 있을 수 없는 돈이 내게 남겨졌다. 이런 일은 처음이었다. 돈이 좀 모인다 싶으면 나갈 일이 생겼다. 어떻게 아는지 돈이 좀 생기면 주변 누군가에게 돈이 필요할 일이 생겼다. 모른 척할 수 없는 상황이니 모은 돈을 보태게 되지만 내 손을 떠나면 돌아오지 못할 돈이었다. 주인이

내놓은 아파트값을 물으니 가지고 있는 돈보다 비쌌다. 부동산 중개사분에게 기다리라 하고는 밖으로 나가 대전 학회에 가 있는 호재에게 전화를 걸었다. 난데, 나 지금 통영에 있잖아. 근데 나 여기 아파트를 사고 싶어. 뭐가 사고 싶다고? 아파트. 얼만데? 전화 너머로 침묵이 흘렀다. 호재가 말했다. 알았어. 부족한 돈은 내가 대출받아 줄게. 근데 나머지는 모두 당신이 하는 거야. 나 귀찮게 하면 안 돼. 오해를 부를까 봐 덧붙이지만 호재는 이렇게 대답할 인간이 아니다. 논리실증주의자인 그는 나의 즉흥성과 감수성

을 이해하지 못한다. 사사로운 일도 본인이 납득하지 않으면 그냥 넘어가지 않고 질문에 질문으로 이어지고 딴지를 거는 그다. 그런 호재가 이 일을 그냥 받아들일 리가 없다. 그런데 이 인간이 어인 일로? (그 이유는 호재가 쓴 「봉수아 사용 설명서」에 있다. 「봉수아 사용 설명서」는 이 책을 출간한 출판사 책나물 블로그에서 다운로드할 수 있다.) 그길로 사수와 나는 부동산에 가서 주인과 집을 사겠다는 통화를 하고 약간의 보증금을 부쳤다. 잔금은 두 번에 나누어 입금하고 계약서는 두 주 뒤 내려와 쓰기로 했다. 부동산을 나서며 사수가 잘 샀다고 다독였지만 얼떨떨했다.

누군가 이 집을 왜 샀느냐고 물으면 나무 때문이라고 대답해야 했으니까. 나무가 내 마음을 알아주는 것 같았어요. 나무가 나를 위로해 주는 것 같았어요. 주변을 봐도 나 같은 이유로 집을 사는 사람이 많지는 않을 것 같다. 사수와 저녁을 먹으며 우리가 잡지사에서 함께 일할 때 고생한 얘기를 했다. 그 시절, 참 지긋지긋하게 가난했지. 사수는 내가 은휘를 임신한 채 막달까지 회사 생활을 하던 때를 기억했다. 그때 네 배를 보면 숨이 턱 막혔어. 저러고 일을 해야 하는 게. 사수는 친해지기 전에 잘 알지 못하는 내게 돈을 빌려준 적이 있다. 내가 옆 동료에게 돈 빌리는 걸 듣고 흔쾌히 내가 꿔 줄게, 했던 기억이 난다. 그때 왜 그랬어요? 물었더니 그가 말했다. 불쌍해서. 은휘를 낳고 석 달 뒤 복귀하자마자 우린 모두 퇴사하게 되었다. 잡지가 다른 회사로 넘어가 버렸다.

뭔 짓을 한 거지. 집에서 네 시간이나 떨어진 남쪽에, 있는 돈으로도 모자라 대출까지 받아 이 아파트를 사다니. 우리는 넉넉하지 않다. 지금 사는 빌라도 대출이 적지 않아 빚을 갚아야 할 판에 말이다. 그런데 집으로 가는 차 안에서 걱정은커녕 뿌듯했다. 잘한 거 같았다. 일단 이 돈은 생전 처음 나를 위해 썼다. 빚을 갚은 것도 아니고 억울하지도 않게 돈을 썼다. 먼 곳 바닷가 마을에 나만을 위한 공간이 생겼다. 설렌다. 이십 대 때부터 가져 보고 싶은 나만의 집. 시간이 허락하면 언제든 내려가 작업할 수 있는 공간을 얼마나 바랐나. 은휘에 대한 아쉬움, 뒷일에 대한 염려보다 공간의 주인이 된 떨림이 앞섰다.

계약서를 쓰려고 혼자 통영에 내려온 날에는 거북선 모양의 호텔에서 묵었다. 사수와 저녁을 먹고 혼술을 하다 동생에게 전화를 걸었다. 임아, 나 통영인데 나 여기 아파트 샀어. 뭔 소리야? 여기 아파트가 생겼어. 은휘 땜에 모은 돈으로 집 샀어. 전화기 너머 동생은 이 언니가 취해서 헛소리를 하나 싶었을 거다. 동생의 축하를 받고 해안도로를 따라 천천히 걸었다. 밤바다를 걷자니 집을 떠나 아주 멀리 온 것 같았다. 독일 친구에게 가려고 끊어 놓은 비행기표를 떠올렸다. 티켓팅을 할 때만 해도 이 시간에 내가 통영에 있을 줄, 아파트를 살 줄 예상하지 못했다.

세입자가 이사 가는 날, 집 열쇠를 받은 3월에는 호재와 같이 내려왔다. 집주인은 본인이 지금 사는 넓은 평수 아파트 자랑을 하며 열쇠를 건넸고, 잔금이 입금된 걸 확인하더니 집 판 돈을 아내에게 부칠 거라고 덧붙였다. 내외가 같이 안 사는 눈치였다. 부동산 주인과 다시 집을 보러 봉숫골에 오르니 차도를 막은 채 벚꽃축제가 한창이었다. 차도마다 왕벚꽃을 구경하러 온 사람들로 북적였고, 벼룩시장이 펼쳐져 거리는 흥에 넘쳤다. 흩날리는 벚꽃 세례가 몇백 미터로 이어져 있는 광경은 가뜩이나 계약 때문에 상기된 내 마음에 부채질을 하는 격이었다. 이렇게 멋진 동네에 내 공간이 생기다니. 이제 호재가 아파트를 처음 보는 타임이다. 키를 넣고 문을 열자마자 이사 간 세입자의 세간이 사라진 흉흉한 실내가 모습을 드러냈다. 헉, 이게 뭐야. 그의 눈이 휘둥그레졌다. 아직도 이런 집이 있어? 거실과 방마다 누덕누덕 덧붙여 놓은 벽지들, 다 떨어진 장판, 무너져 가는 싱크대, 간이 문으로 이어지는 화장실, 유물처럼 싸늘하게 놓여 있는 기름보일러 등을 건성으로 둘러보는 호재를 데리고 발코니로 갔다. 저거 봐봐. 나무 쪽을 손으로 가리켰다. 그도 조금 성의 있게 나무를 보는가 싶더니, 말했다. 멋있네. 나가자. 분홍색 벽지를 참을 수가 없어.

　바깥은 여전히 축제가 한창이었다. 줄줄이 늘여 놓은 벼룩시장을 구경하다 호재에게 어울릴 모자 꾸러미가 있어서 네 개를 몽땅 사 주었다. 다 해서 2만 원 정도. 인심 좀 썼다. 봉숫골에 아는 사람은 없지만 내 동네인 양 금세 정이 들 것 같았다. 차도를 막아 놓고 잔치판을 벌인 봉숫골 찜거리, 왕벚꽃길. 아이들

이 뛰놀고 연인 친구들이 아파트 단지 안으로 들어와 벚꽃 앞에
서 사진을 찍던 모습은 그때가 마지막이다. 코로나 시국이 이어
져 그런 풍경은 이후 다시 찾아오지 못했지만 벚꽃 피는 어느 날
이곳에서 다시 축제가 열리겠지. 집으로 올라가는 차 안에서 호
재가 말했다. 나무 멋있더라. 무슨 나무지? 카메라에 저장해 둔
사진으로 정보를 검색해 보았다. 개잎갈나무. 영어로는 히말라
얀 시다Himalayan cedar로, 소나무과의 식물이란다. 학명은 Cedrus
deodara. 종명인 'deodara'는 인도어 'deodar'에서 왔는데 '신의 나

무'를 뜻하는 산스크리트어 'devdar'가 어원이란다. 신의 나무라니, 멋지다! 예전에는 가로수나 관상수로 쓸 만큼 쓰임이 많았다는데 지금은 쓸모를 찾지 못하고 많이 베이고 사라졌다. 우리는 삼형제에게 이름을 지어 주기로 했다. 무용無用. 쓸모가 없다. 하지만 우리에게는 쓸모가 있다. 무용의 유용有用. 줄여서 무용이다. 그렇게 낙엽송 삼형제 이름은 무용이가 되었다. 통영에 내려가면 제일 먼저 발코니로 가서 무용이에게 인사를 건넨다. 무용아, 잘 지냈니? 별일 없었니? 형제끼리 싸우진 않았어? 나보다 나이가 훨씬 많은 어른 무용이에게 고민을 털어놓기도 한다. 무용이는 계절마다 다른 모습을 보여 준다. 봄과 여름에는 푸릇푸릇한 잎색으로 갈아입고 가을에는 큼직한 갈색 솔방울을 주렁주렁 매달고 있어 몸집이 커 보인다. 무용이 옆에는 낙엽이 뒤덮인 우물이 있고, 고양이들이 수시로 드나들며 사랑을 나누거나 싸운다. 잎이 무성하고 키가 아파트 5층보다 커서 새들의 놀이터이기도 하다. 나무 주변으로 아파트 주민들이 짓는 텃밭들, 뒤로 미륵산이 둘러져 있다.

무용이는 우리에게 늘 유용이다.

'벽지5겹' 실화입니까

🐦

그렇게 통영에 아파트를 계약하고, 친구가 공부하고 있는 독일에 갔다가 프랑스를 거쳐, 비에 젖은 마르셀 프루스트의 『잃어버린 시간을 찾아서』 1권 『스완네 집 쪽으로』 원서를 들고 나는 한국에 돌아왔다. 이후 내 삶은 여행 전과 후, 통영과 인연을 맺은 전과 후로 나뉠 만큼 변화가 많았다.

　한국에 온 뒤 아파트 잔금을 치르고 본격적인 집수리에 들어갔다. 관건은 최소한의 수리비였다. 집을 사느라 대출까지 받아 남은 돈이 별로 없었기 때문이다. 철거가 우선이었다. 거제에 사무실을 둔 업체를 찾아 의뢰했다. 벽지와 장판을 뜯어내고 고장 난 보일러까지 수거해 가는 조건이었는데, 사장님은 집을 보더니 철거에만 꼬박 사흘은 걸리겠다고 했다. 철거가 시작된 지 이틀째 되는 날, 업체 사장님이 온 방에 벽지 쓰레기가 수북이 쌓인 사진을 보내며 다음과 같은 문자를 보냈다.

벽지를 이만큼 제거해도 또 벽지가ㅎㅎ
벽지5겹 실화입니까 ㅎㅎ

실화입니다. 정말 어마어마한 양의 색색 벽지 쓰레기가 방 두 개를 꽉 채웠다. 애초 벽지를 깔끔하게 제거한 뒤 모던한 느낌의 페인트를 바르려 했는데 5겹 벽지는 지난 40여 년 동안 벽과 한 몸이 되어 버렸다. 아무리 애를 써도 벽지 조각들이 떨어지지 않아 인테리어 업체에서 고개를 절레절레 흔들었다. 페인트 불가능. 결국 단념하고 도배를 하기로 했다. 도배와 장판, 화장실 수리 등 기본적인 것만 업체에 맡기고 나머지는 직접 설치하기로 했다. 싱크대와 그릇 정리대는 인터넷으로 샀고, 책상과 의자 등은 집에서 쓰던 걸 가져왔다. (책상 의자는 은휘가 디지털 피아노를 사고 이전에 치던 피아노를 치울 때 남겨 둔 의자로 대체했다. 아련한 느낌이 들어 도저히 처분할 수 없었다.) 거실 식탁은 리폼 업체에서 싸게 구입하고, 의자 네 개는 누군가 집 앞에 버린 걸 주워 왔다. 그릇이나 컵 등 생활 가전은 카페를 하던 언니가 가게를 접으면서 기증했고, 커피포트나 프라이팬 등은 가족과 친구가 안 쓰는 걸

보내 주었다. 호재가 회사 동료의 트럭을 빌려 물건을 실어다 설치를 했고, 자잘한 물건은 둘이 내려갈 때마다 차에 실어 가져갔다. 계약을 마무리한 3월부터 1년 가까이 통영에 내려갈 때마다 차 안에는 물건이 그득그득 실려 있었다. 그 물건의 부피만큼 우리의 노동도 추가되었다. 대출 빼고 모두 알아서 하라고 못을 박은 호재는 통영에 내려가는 횟수가 늘수록 집과 통영에 정이 드는지, 평소보다 덜 툴툴거리며 손을 거들었다. 다행이었다. 나 혼자 할 수 있는 일이 아니었을뿐더러 나만 좋아했다면 통영행도 자주 어려웠을 테니. 사실상 힘든 일은 호재가 거의 다 했다. 집 계약 때부터 예견된 일이긴 했다.

　집 구색이 갖추어지기까지 최소 1년 반은 걸렸다. 돈이 좀 생기면 창틀을 새로 하거나 보일러를 다는 등 추가 보수를 했고, 쓰는 와중에 문제가 생기면 화장실 타일을 붙이거나 페인트를 칠하는 등 셀프 수리로 보강했다. 여행지에서 숙소를 잡으면 당연하게 쓰던 것들을 막상 구비하자니 끝도 없었다. 계절마다 필요한 이부자리며 옷 정리대며 화장실 용품이며 채울 것들이 뭐 그리 많은지, 내려갈 때마다 사야 할 물품 목록이 줄을 이었다. 둘 다 직장 생활을 하니 시간이 많지 않아 보통 하루 정도 연차를 내어 주말을 끼고 2박 3일로 내려갔다. 통영은 왕복 700킬로미터가 넘는 지방이라 내려가는 시간, 올라가는 시간, 중간에 전기차 충전 시간, 밥 먹는 시간 포함하면 왕복 열 시간은 걸린다. 보통 퇴근 후 늦게 내려가거나 이른 아침에 출발하는데 첫날은 집 정리와 청소, 자잘한 수리로 노동을 한다. 땀을 쏟으며 할 일을 마친 뒤 약수탕에서 목욕을 하고 저녁을 먹는다. 다음 날은 느긋하게 일어나 시내를 놀러 다니거나 배를 타고 섬을 건너가는 식으로 시간을 보낸다. 그다음 날 남은 집 정리를 하다가 일찌감치 혹은 늦게 집으로 올라오는 식이다.

화장실 공사. 나의 야심 찬 실패작이다. 기본 수리를 거쳤지만 휑한 화장실이 불만인 차에 셀프 수리를 결심했다. 타일을 붙이기로 한 것이다. 지금 아는 것을 애초 알았더라면 업체에 맡겼을 것이다. 결과적으로 금전적으로 크게 이득을 본 것도 아니고, 머릿속에 그린 화장실이 탄생한 것도 아니기 때문이다. 타일은 아무나 할 수 있는 작업이 아니었다. 처음엔 성공한 줄 알았다. 타일과 접착제, 줄눈, 커터기 등을 사서 타일을 붙여 나갔다. 하루가 꼬박 걸렸다. 몇 주 뒤 와 보니 타일이 군데군데 떨어져 있었다. 타일을 추가로 사서 붙이다가 호재가 커터기를 부러뜨렸다. 비싼 커터기를 사서 타일을 붙이긴 했는데 다시 와 보니 타일이 또 떨어졌다. 화장실에 누수가 있어 벽에 물이 줄줄 샌 탓이다. 누수 공사를 하고 타일을 새로 붙이자니 자신이 없어서 이번엔 회(테라코타)를 사 발랐다. 꼬박 하루가 걸렸다. 내친김에 바닥에도 회를 들이부었다. 낡은 타일이 마음에 안 들었기 때문이다. 몇 달 뒤 와 보니 벽의 회는 붙었는데 바닥의 회는 마르지 않았다. 창문을 열어 둔 탓에 비가 들이친 모양이었다. 이번엔 에폭시를 사서 발랐는데, 회가 군데군데 부족해 균열이 눈에 띄었다. 다시 회를 사서 균열을 메우고 다시 에폭시를 사서 메운 회에 바르고…… 그런 식으로 화장실 공사에 거의 반년은 썼다. 2박 3일 내려갈 때마다 찔끔찔끔 공사를 해야 했기 때문이다. 지금 상태는? 내려가 봐야 안다. (그러고 몇 달 뒤 결국 업체를 불러 화장실 공사를 새로 했다.)

통영집 수리는 네버엔딩이다.

곰팡이

곰팡이를 처음 만난 건 봄에 기본 공사를 한 뒤 처음 맞은 여름이
었다. 생활에 필요한 이것저것을 싣고 늦은 밤 통영집에 도착했
다. 문을 열자 집 안이 온통 곰팡이였다! 흰곰팡이 푸른곰팡이가
솜이불마냥 벽이며 가구며 여기저기 하얗고 푸르게 피어나 있었
다. 문을 닫고 올라간 게 이런 결과를! 통영이 습기가 많은 바닷
가 마을이란 걸 깜박했다. 이렇게 많은 곰팡이를 본 건 처음이라
소름이 돋았다. 으악. 그런데 너무 피곤해서 아무것도 할 수 없었
다. 결국 입고 내려간 그대로 마스크 쓴 채 침대에 엎어져 잠이 들
었고, 호재 혼자 새벽까지 곰팡이를 닦았다. 다음 날 호재가 어떻
게 그 상태로 그냥 자느냐며 핀잔을 주었다. 새벽까지 혼자 청소

했으니 짜증이 나고 한소리할 만했다. 올라가는 차 안에서 호재가 간수도 못 하는데 그냥 집을 팔자고 했다. 싫다고, 네 집 아니고 내 집이라고 우기다 둘이 말다툼을 하고 말았다.

장마가 본격적으로 시작된 달에 통영에 다시 내려갔다. 이번엔 페인트를 사서 내려갔다. 곰팡이가 핀 자리를 닦으면 곰팡이는 없어지지만 얼룩이 생겨 보기 흉했다. 누더기를 깁듯 흰 페인트로 곰팡이가 피어난 자리를 메우며 칠을 해 나갔다. 크게 티가 나지는 않는 것 같았다. 그러고는 에어컨을 사러 갔다. 여름 한철에 에어컨을 살 수 있을까. 몇 군데 수소문해서 비교적 저렴하게 에어컨을 사서 설치했다. 에어컨을 틀어 놓으니 이번엔 냄새가 문제였다. 곰팡이 냄새가 온전히 빠지지 않았다. 에어컨을 틀다 문을 열면 냄새는 덜 나지만 습기가 문제였다. 선풍기를 사러 갔다. 냄새가 나지 않고 시원했지만 습기는 여전했다. 제습기가 답일까. 제습기는 가격이 비싼 데다 호재 말로는 문을 닫아 놓고 틀어야 했다. 곰팡이와 습기와 냄새를 어떻게 관리할 수 있을까. 풀리지 않는 숙제로다. (결국 올봄에 제습기를 샀는데 꽤 효과가 있었다.) 가을이 되자 곰팡이는 더 이상 번지지 않았지만, 통영집에 내려가면 방들을 오가며 매의 눈으로 곰팡이 상태를 체크하는 게 습관이 되었다.

지은 지 45년이 되어 가는 아파트는 특히 세 가지를 주의해야 한다. 곰팡이, 습기, 오래된 집에 밴 냄새. 다음 해 여름에도 곰팡이의 역습을 받았는데, 잠시 이 집을 빌려 생활하던 친구가 실수로 문을 닫고 서울로 올라가 버린 게 화근이었다. 집에 곰팡이가 핀 사실을 봄날의책방 지기님으로부터 듣게 되었다. 어느 날 선배(나에게 통영 아파트 정보를 준 고마운 선배)가 숙소를 빌려줄 수 있는지 물었고, 집을 쓴 분들이 봄날의책방에 온 손님이었다. 그분들이 가고 나서 책방지기님이 집 정리를 하러 우리 집에 왔다가 곳곳에 핀 곰팡이를 본 것이다. 책방지기님은 집을 빌려줘 고맙다는 인사 문자와 함께 곰팡이 관리법을 귀띔해 주었다. 여름에는 에어컨과 난방을 한꺼번에 돌려 습기를 없애고, 가구 사이 간격을 주어 통풍이 잘되게 해야 한다고. 집 정리를 해 주신 게 감사한 한편 곰팡이 핀 집을 빌려드린 게 미안하기도 하고 부끄럽기도 했다. 현지에 살지도 않는 사람이 공연히 아파트를 사서 관리도 제대로 하지 못하고, 참말로 면목이 없었다. 통영의 환경을 배우는 것, 이 집의 관리법을 알아 가는 것 역시 집주인의 의무일 테다. 몇 번의 여름을 겪으며 곰팡이 관리법이나 집 관리 노하우를 배워 가는 중이다. 우선 이 집은 무조건 공기가 순환해야 한다. 그래서 집을 쓰고 올라갈 때는 모든 방과 창문의 문들을 조금씩 열어 놓는다. 바람이 불어 방문이 닫힐 수도 있으니 문에 묵직한 것을 고인다. 곰팡이가 피었다고 독한 제거제를 쓰는 건 몸에 해롭다. 곰팡이 제거제를 잔뜩 뿌린 뒤 수건으로 닦았는데 수건 색이 탈색되어 있었다. 얼마나 독하면! 그래서 순한 알코올 성분의 소독제를 수시로 뿌리고 초를 켜거나 향을 피워 냄새를 돌게 한다. 이부자리는 많이 가져다 두지 않고 옷장에 두지 않는다. 환기가 잘 되는 곳에 펼치거나 접어 두되, 내려와서는 무조건 빤다. 눈에 보이지 않는 공기 관리가 제일 중요하다.

살면서 다양한 변수와 만난다. 어떤 변수는 눈에 보이는 변수가 원인도 해결도 아닐 때가 있다. 곰팡이를 생각하며 뜬금없이 변수 타령을 하는 건 곰팡이와 씨름하던 때 다른 변수로 위기를 겪었기 때문이다. 프리랜서로 오래 일하다 내게 맞는 자리가 생겨 기관에 들어갔다. 꼬박꼬박 들어오는 월급, 온전히 쉴 수 있는 주말과 휴일, 그럴듯한 직장에 다니는 커리어우먼의 '간지' 등 우쭐하고 밝은 미래를 상상하며 들어간 곳에서 이제껏 경험하지 못한 매운맛을 봤다. 얼마나 매웠는지 내 발로 들어간 회사인데, 출퇴근할 때마다 감옥 문을 열고 닫는 상상을 할 정도였다. 당시 내가 좀 더 현명했다면 곰팡이를 제거한다고 독한 제거제 뿌리듯 대처하지 않을 텐데. 상황이 명료하게 보일 때까지 순한 소독제 뿌리고, 초 켜고, 향 피우며 우선 나를 돌보는 데 신경 썼을 텐데. 성급하게 결정하고 감정적으로 행동해서 나에게도 해가 되는 캡사이신을 뿌려 댔고 돌려 맞았다. 당시를 돌아보면 확실히 나는 실패했다. 그 실패를 곱씹으면서 지금의 나는 좋아지고 있고 나빠지고 있다.

통영에 내려갈 때마다 아파트가 달리 보인다. 어느 때는 선물 같고, 어느 때는 공연히 벌인 일 같다. 집이 휑한 게 어느 때는 여백 같고 어느 때는 더 채우고 싶다. 작업하기 좋은 레지던스처럼 보이다가 숨어 지내기 위한 도피처 같다. 장소는 그대로인데 상황을 바라보는 내 마음이 이렇게도 보고 저렇게도 본다. 일이든 사람이든 이렇게도 보고 저렇게도 보이니 틈을 두어야 내가 정말 원하는 상태를 알 수 있지 않을까. 성급함과 초조함은 틈을 벌리는 대신 내상을 입히는 것 같다. 나를 안다고 단정 짓지 않고 너를 안다고 단정 짓지 않아야 하는데. 나는 내 생각보다 강하거나 약하고, 너는 내 생각과 같거나 다른데. 삶의 변수를 어찌 아집만으로 헤쳐 나갈 수 있겠나. 언젠가 호재가 농담처럼 말했다. 재촉하지 마. 어차피 세상은 당신이 원하는 대로 될 거야. 곰곰 생각하면 맞는 말이다. 나는 인생이 고해라는 걸 가끔 잊고 돌처럼 굳어 버린다. 차라리 내가 무지하다는 걸 인정하는 게 낫다. 그래서 전보다 자주 지인에게 호재에게 내가 고민하는 것에 대해 상의한다. 의견을 듣고 나서는 내 맘 가는 대로 결정한다. 나는 더디지만 실패를 인정하는 연습을 하는 중이다. 그러니 곰팡이는 내가 좌절할 이유가 되지 않는다. 버섯이나 풀처럼 환경이 갖추어져 그저 핀 것이니 그 자체는 무해하지도 유해하지도 않다. 그것에 영향받는 나를 볼 따름이다.

곰팡이는 잘못이 없다.

봉수아

'봉수아烽燧我'는 "봉숫골에서 자아를 살펴보라"는 뜻으로 이정화가 지은 그녀의 봉평아파트의 이름이다. 봉평아파트에서 용화사를 거쳐 미륵산 꼭대기에 오를 수 있다. 그 정상 언저리에서 봉수대의 흔적을 찾을 수 있다. 봉수대를 봉화대烽火臺라고도 한다. 낮에는 연기를, 밤에는 불을 피워 외적의 출현을 전파했다. 여기서 문제, 봉화 넷은 무엇을 의미할까?

봉화 하나: 무사태평
봉화 둘: 적이 바다에 출현
봉화 셋: 적이 해안에 접근

봉화 넷: ▨▨▨▨▨▨▨▨▨▨

봉화 다섯: 적과 교전

'봉수아 찾아가기'

인공지능은 비행기나 기차 같은 허튼 방법도 따져 보겠지만, 우리는 깊이 생각해 보지 않아도 봉수아까지 갈 수 있는 방법이 두 가지뿐임을 안다. 자가용 아니면 고속버스.

봉평아파트는 통영고속버스터미널에서 약 6킬로미터 떨어져 있다.

- 택시로 약 8천 원
- 터미널에서 231번 시내버스를 타고, 봉평주공아파트 정류장에서 하차
- 중앙시장에 들르고자 한다면, 터미널에서 301번이나 101번 시내버스를 타고, 문화마당 정류장에서 하차. 볼일 본 다음에 문화마당에서 200번대 중 아무 버스나 타고, 봉평주공아파트 정류장에서 하차.

이 글은 호재가 지은 「봉수아 사용 설명서」에서 발췌했다. 집 정리가 어느 정도 마무리되자 이 집에 이름을 지어 주고 싶었는데, 떠오른 이름이 '봉수아'다. 봉숫골에서 나를 찾고, 나와 노는 시간을 가져 보라는 의미다. 그러면서 이 공간을 쉬고 싶거나 작업하고 싶은 이들에게 빌려주면 어떨까 생각했다. 봉수아가 우연

히 내게 주어진 선물 같은 존재니 우리만 쓰는 게 아니라 지인들도 함께 사용하는 공공재가 되기를 바랐다. 내가 그런 궁리를 하는 동안 테크니컬라이터가 직업인 호재는 「봉수아 사용 설명서」를 썼다. 봉수아를 사용하는 사람들에게 사용 매뉴얼을 제공하는 게 이 문서의 용도다. 봉수아에 머무는 동안 알아야 하는 각종 사용법, 봉수아를 떠날 때 해야 할 일, 봉숫골 맛집과 주변 볼거리, 통영에서 가볼 만한 곳, 섬 운항 시간표, 통영의 행사들과 같은 정보성 글 막바지에는 통영이 우리에게 어떤 곳인지(이 장에서 호재가 어째서 집을 사려는 나의 무모한 통보에 수긍했는지에 대한 이유가 설명되어 있다.)에 대한 호재의 감상기가 실렸다. 마지막에는 봉수아 히스토리……

- 2019.02.23: 주택 매매 계약서가 체결되었다.

- 2019.06.08: 에어컨이 설치되었다.

- 2019.11.06: 등유 보일러가 설치되었다.

- 2019.11.09: 옷장과 침대 매트리스가 설치되었다.

- 2020.11.02: 현관문, 안방 창, 발코니 문, 발코니 창, 화장실 창이 새 것으로 교체되었다.

- 2021.04.05: 누수가 발생했다고 관리 사무소가 알려왔다. 업자를 수배하여 점검을 의뢰하였다. 세면대에 연결된 벽 속의 상수관이 원인이라는 답을 듣고 그에게 수리를 맡겼다.

- 2021.04.23: 변기 부속이 새것으로 교체되었다.
- 2021.05.20: 조립식 마루가 베란다에 설치되었다. 화장실 벽의 일부가 타일로 단장되었다.
- 2021.07.03: 나머지 화장실 벽이 타일로 단장되었다.
- 2021.08.12: 몽제 매트리스가 설치되었다. 화장실 바닥에 타일을 붙였으나 사흘 뒤에 실패로 드러나 제거했다.
- 2021.10.04: 몽제 매트리스가 너무 단단하여 제거되었다.

봉수아를 방문한 이들의 명단과 해결사들(석유, 누수, 보일러, 도배) 소개로 설명서는 끝나지만, 한글 매뉴얼에 이어 영문으로 앞의 내용이 번역되었다. 문서를 보면 그의 직업병(?)이 보이고, 호재 특유의 설명 문장이 유머러스하게 읽힌다. 게다가 영문까지, 나라면 도저히 할 수 없는 수고다. 친절한 호재 씨. 봉수아를 이용한 지인들에게 pdf 봉수아 매뉴얼을 보내 주면 하나같이 재밌다는 반응이다.

봉수아, 무용이. 소박한 공간에 이름을 지으니 식구가 느는 것 같기도 하고, 더 정이 가기도 한다. 이름을 짓는다 해서 물질이 유기체가 되는 건 아니지만, 공간도 나무도 의인화하여 호재 표현대로 '낭만적으로' 느껴진다. 호재의 매뉴얼도 그런 면에서 멋진 작업이다. 봉수아의 시작과 현재를 아카이빙해 언제 봐도 생생한 기억을 입는다. 봉수아를 시작으로 호재는 이름 짓기 삼매경에 빠져 식구마다 호를 지었다. 나는 자심自心(한자를 상기해야 함), 은휘는 불손不遜(한자를 상기해야 함). 이에 화답하여 그의 호는 '경솔'로 했다. 자심 여사, 불손 은휘, 경솔 호재. 개인주의와 시니컬함이 특징인 내 가족. 봉수아가 있기까지 지대한 공헌을 한 은휘를 통영에 데려온 적이 있다. 우리가 먼저 내려오고 다음 날 동생네가 펜션을 잡아 휴가차 내려와 같이 노는 일정이었다. 첫날 은휘를 데리고 미수해안도로 근처 한정식집에서 저녁을 먹었다. 배를 채운 은휘가 말했다. 둘이 내려오면 맨날 이런 거(이렇게 맛있는 거, 이렇게 비싼 거) 먹어? 봉수아에서 첫날을 보낸 은휘는 다음 날부터 이모가 얻은 펜션으로 건너가 집에 올라갈 때까지 돌아오지 않았다. 봉수아는 낡았는데 펜션은 새것인 데다 인터넷이 공짜라서. 그 뒤 은휘는 통영에 내려오지 않았다. 너무 낡았다나.

봉수아를 단장할 때 프랑스 체류 시 이용한 생투앙의 에어비앤비 숙소를 떠올렸다. 그곳처럼 근사하게 꾸밀 수는 없었지만, 독일과 프랑스의 건물은 새로 지은 것보다 오래된 건물이 많고, 집들 역시 몇백 년이 지난 건물을 고쳐 쓴 경우가 많다. 내가 체류한 곳도 200년 된 집을 리모델링한 거였는데 옛집이 주는 편안함과 리모델링이 주는 편리함이 적절히 조화로워 체류하는 내내 만족스러웠다. 잘 지은 집에 시간이 덧입혀지면 그 자체로 아름답고 든든한 풍경이 된다. 변함없는 기품과 물성에 시간의 역사가 지나가고, 그것이 색과 형과 아우라로 스며 현재 삶의 자양분이 되는 것이다. 오래된 시간에 지금의 시간을 담아 박제하지 않고, 생활 속에서 자기답게 쓰며 사는 유럽의 모습이 보기 좋았다. 그 영향인지, 44년의 시간을 담고 있는 봉수아의 낡은 풍경이 내 눈엔 멋스러운 작품처럼 보였다.

주변에서 왜 그렇게 먼 곳에, 그런 낡은 아파트를 샀느냐, 오른다 싶으면 바로 팔아라 하는 걱정 어린 조언을 종종 듣는다. 그런 현실적인 조언이 틀린 게 아니고 호재와 나를 걱정해서 하는 말인 것도 알지만 우린 이제껏 그렇게 대책 없이 살았다. 대부분 청약 아파트 당첨을 목표로 전세 살 때 호재와 나는 20년 전에 빌라를 샀다. 전세를 얻을 큰돈이 없었고, 호재 때문에 그런 선택을 했다. 충주 태어난 집에서 이십 대까지 살다 대학 진학으로 서울에 상경한 호재는 집을 빌려서 사는 걸 힘들어했다. 아파트도 싫어했는데, 한 동에서 많은 사람과 사는 것 자체가 부담인 데다 그 비싼 집에서 살려고 더 많은 대출을 받는 걸 선호하지 않았다. 호재가 보기에 아파트는 필요 이상으로 비싼 집이다. 가진 돈이 어느 정도 있으면 몰라도 아파트에서 살기 위해 대출을 많이 받아 평생 갚은 건 너무 불행한 생활이라는 것이다. 결혼 생활 내내 그 문제로 적잖이 다투었지만, 바뀌길 기대하기보다 포기가 서로에게 낫다는 방향으로 마음을 바꾸었다. 애초부터 우리는 똘똘한 부부의 재테크나 노후 대비와는 무관하게 살았다는 이야기다. 살아갈 공간을 택할 때 교통편, 편의 시설, 집의 가치 등 현실적 이유는 두말할 필요 없이 중요한 요소다. 그 모든 것을 유리하게 갖추기엔 우리의 자원이 턱없이 부족하기 때문에, 우리는 불안하지 않은 환경에서 우리 식으로 형편에 맞게, 빈곤하지 않게 사는 방향을 택했다.

그래서 봉수아를 사서 집을 고치고 단장할 때, 앞서 이야기했듯 현실적인 면은 여러 조건 중 하나일 뿐이었다. 봉수아는 특히 그랬다. 이 낡은 아파트를 사서 부를 늘리거나 집값을 올리는 식의 현실성을 고려하지 않았기에 주변 염려에 대해 담담하게 받아들였다. 지나 보니 봉수아를 소유함으로써 우리에게 통영이라는 제2의 고향이 생겼다. 호재도 통영을 점점 더 좋아하게 되었고, 같이 보내는 시간이 늘면서 우리는 잘 맞는 여행 짝꿍이 되었다. 봉수아에 올 때마다 통영 곳곳의 자연과 문화를 덤으로 소유하니 과분한 투자요, 매력적인 이득이 아닐 수 없다. 봉수아를 사서 고치고 쓰는 과정을 통해 공간의 의미를 다시 새겼다. 내가 나로서 지금의 시간에 있고, 내가 원하는 모습으로 내가 원하는 것을 하면서 머무는 곳. 곰곰 돌아보면 나의 지난 시간은 나의 장소를 찾아가는 과정이었다.

그나저나 봉화 넷은 뭘 의미하지?

적이 성 바로 앞까지 와 있다!

선물

그동안 여러 지인이 봉수아를 찾았다. 휴식이 필요해 보이는 이와 대화하다 보면 나도 모르게 봉수아 쓰라고, 통영에 내려가라 한다. 자랑하고 싶어서 그러는 게 아니다. 통영에 갈 때마다 위안을 얻었기 때문에 그도 그러기를 바라는 마음에서다. 마음에 부정이 강할 때 긍정하려고 남해를 찾는다. 의욕이 생기지 않을 때 충전하려고 봉숫골에 간다. 종일 누워 있을 것 같을 때 몸 움직이러 간다. 거리가 멀지만 봉수아가 있어 숙박비가 안 드니 여행 부담이 줄었다. 몇 해 전 호재가 회사를 옮기면서 생긴 퇴직금으로 전기차를 장만했다. 그 바람에 교통비도 절감, 봉수아가 있으니 숙박비도 절감이라 먹고 마시는 비용 외에는 통영행에 큰돈이 들지 않는다. 시간도 문제가 되지만 바람 쐬고 싶어도 비용 땜에 여행 못 가는 경우가 다반사다. 그럴 때 숙소를 빌려주면 여행 결심에 도움이 될 테니까 자꾸 지인에게 봉수아 얘기를 꺼내게 된다. 상대에겐 선물이 아닐 수도 있는데.

지인과 철마다 봉수아에서 시간을 보냈다. 동생네와는 2년째 봉수아에서 여름 휴가를 보냈고(여름에 남해는 너무 덥다. 통영 여행은 역시 봄가을이 최고다.) 통영 아파트를 소개해 준 선배 내외와는 지난 연말을 함께 보냈다. 지인들뿐 아니라 호재 지인도 여럿 봉수아를 이용했다. 고향 친구 가족도 몇 차례 다녀가고, 회사 동료는 장인 내외와 내려왔다가 장인이 통영에 아파트를 장만하기도 했다. 로버트라는 동료는 내 '자존심'을 자극해 우리가 집기를 보충하는 데 기여했는데, 전말은 이러하다. 로버트가 남해 여행 때 봉수아를 1박 썼는데, 그 여행이 꽤 만족스러워 미국에서 아들을 보러 한국에 온 어머니를 모시고 다시 통영에 내려왔다. 그런데 로버트 말로는 부자인 어머니 눈에 봉수아가 후져서 통영에 내려온 그 밤 부산에 호텔을 잡아 떠났다고. 그 말 듣고 흥 얼마나 부자기에 했다가, 봉수아에 내려와 보니 과연 내 눈에도 뭐가 참 없었다. 로버트가 봉수아를 쓸 당시에는 옷장도 침대도 침구도 없었다. 그길로 통영 인근 가구집에서 침대와 옷장을 샀고, 마트에서 이불도 새로 사서 쟁여 놓았다. 로버트는 미안한지 호재에게 자기는 부자가 아니고 어머니가 부자라서 그랬다는 말을 여러 번 했다고 한다. 그래서 호재가 어머니 돈이 결국 네 돈 아니야 했더니 손사래를 쳤다고. 자기가 사는 곳에서는 열아홉 살이 되면 무조건 독립하는데 이후 경제적으로도 독립한다고, 유산 상속도 부모 마음이라고 했다고 한다.

봉수아를 다녀간 분들 중에는 그림책을 함께 배운 이들도 있다. 한 분은 번아웃이 온 남편과 함께, 한 분은 스케치 여행으로 통영을 다녀갔다. 두 분은 후기에 봉수아가 원기 충전에 도움이 되었다고 썼는데 그런 이야기를 들으면 우쭐하다. 오랫동안 아픈 어머니를 돌보는 지인의 동생에게는 꽤 길게 봉수아를 빌려줬는데 손글씨로 블루투스 라디오 사용법을 친절하게 써 놓고 갔다. 봉수아를 이용한 분들은 쓰고 난 자리에 손편지나 작은 선물을 남기기도 한다. 손편지를 읽을 때 특히 기분이 좋다. 누추한 곳을 공연히 빌려드렸나 하는 염려를 씻겨 주기 때문이다. 근래에는 봉수아 얘기를 잘 안 꺼내는데, 아무래도 뒷정리 부담이 있어서 봉수아 사용법을 내가 우선 잘 익힌 후 통영 가라고 부추길 예정이다.

봉수아는 누구와 함께 머무르느냐에 따라 분위기도 용도도 달라진다. 꼬꼬마 대학 때부터 절친인 D도 통영에 여러 차례 내려왔는데 그와 있으면 봉수아는 명상 공간이 된다. 아침나절 미륵산에 올라가 용화사에 들러서 절하고, 점심 후 바닷가 걸으며 멍때리고, 저녁 후 보이차 내려 마시며 도란도란 이야기 나누는

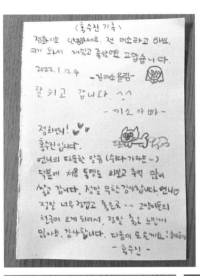

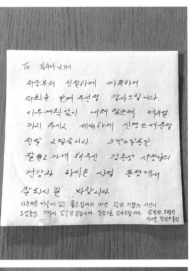

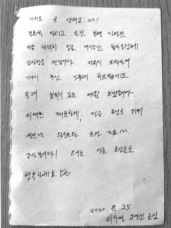

봉수아를 다녀간 사람들이 손편지로 남겨 준 후기를 읽으면 미소가 절로 번진다. 무엇보다 일상에 쉼표를 찍고 가길 바라는 내 마음이 전해진 것 같아서 기분이 좋다.

시간. 밤이 되면 각자 작업이나 일을 하다 대화로 하루를 정리하는 여여한 시간을 보낸다. D와는 통영뿐 아니라 다른 곳으로도 꽤 여러 번 힐링 여행을 함께했기 때문에 참 편안한 여행 메이트다. 세 살 어린 동생네와 봉수아에서 놀면 밤 주점이 된다. 냉장고 안에 맥주 캔이 그득 쟁여지고, 통영의 다양한 안주가 식탁에 오른다. 주당인 동생과는 어디를 가든 편한데 주량을 따라가지 못해 매번 잔소리를 듣는 게 유일한 흠이다. 결혼 후 10년 가까이 한 동네에 붙어 살아 그런지 동생 내외는 호재와 같이 만나도 마음이 맞고 동생인 듯 동생 아닌 언니 같은 너라 챙김을 받아도 부담이 없다. 동생은 통영에 한 번 내려온 다음부터 좋다며 여러 번 내려왔다. 선배와의 통영 여행은 '낭만 힐링' 시간이다. 선배와는 지난봄과 가을 통영국제음악제 연주회를 예약해서 내려왔다. 터미널에서 만나 봉수아에 여장을 푼 뒤 1박은 여행을 즐기고, 2박은 통영국제음악당에서 연주를 듣고 나서 그 밤 내내 여운을 즐긴다. 저녁 술자리에서는 사는 얘기, 지인 얘기, 세상 걱정을 도란도란 나누며 낭만 여행을 마감한다.

통영은 호재와 나에게 선물 같은 곳이다. 지금은 잘 안 싸우지만 결혼 생활 20년 동안 절반 이상 정말이지 지긋지긋하게 싸웠다. 우리가 여태껏 헤어지지 않은 건 둘 다 소심하고, 어쩌면 가난해서인지 모른다. 성격도 취향도 달랐기 때문에 둘이 안 싸우는 최선은 같이 길게 시간을 안 보내는 거였다. 그러던 우리가 나이를 먹고, 싸울 만큼 싸워 서로의 성깔 임계치를 알고, 봉수아를 산 시점부터 전우애 넘치는 절친이 된 것 같다. 호재와의 여행의 장점은 내 맘대로 여행이 가능하다는 것이다. 이른 아침이나 늦은 밤 통영으로 떠날 때 차멀미로 도착할 때까지 자는 내게 호재는 불평하지 않는다. 2박 3일이든 3박 4일이든 절반은 아침 일찍 일어나 등산을 가거나 섬으로 떠나 나 혼자 시간을 보내게 해 준다. 각자의 시간과 함께 있는 시간을 절반씩 섞는 그와의 여행에 익숙해져서 호재와의 여행이 어느 시점부터 편해졌다. 호재의 장점 중 하나는 나이 들면서 입바른 소리를 잘하게 되었다는 점이다. 당신과 함께 있어서 참 좋아, 당신 덕에 내가 호강하네 등 마음에도 없는 소리를 척척 하는데 그 말이 또 듣기가 좋다. 그는 나보다 물욕이 적고 주어진 환경에 만족하는 편이다. 세상 온갖 것에 대한 호기심이 넘쳐나 어린아이처럼 조잘조잘 떠드는데 대부분 그 수다가 지겹지만 그 바람에 내가 좀 더 쉬게 된다. 나보다 복잡하지 않고 부지런하고 자기답게 남에게 피해 주지 않는 호재를 보면 잘 늙는 것 같아 다행이다. 여러모로 아재지만 답 안 나오는 꼰대는 아니어서 다행이다. 가장 크게 쳐 주고 싶은 것은 이거다. 그는 좋은 아빠(가 되었)다. 우리가 전보다 덜 싸우게 된 데는 은휘의 공이 크다. 의견 일치가 되지 않는 경우에도 은휘 얘기를 하면 방향이 오직 한 가지, 은휘가 건강하고 행복하기를 바라는 걸로 이어진다. 자식은 존재만으로 부모를 성장하게 하나 보다.

전환

'친애하는 아버지, 얼마 전 제가 왜 아버지를 두려워하는지 물어보셨죠.' 1919년 서른다섯 살의 카프카는 아버지에게 이 문장으로 시작하는 편지를 쓴다. 편지 속에는 물을 달라고 징징거렸다는 이유로 추운 겨울 침대에서 끌어내 아들을 발코니에 가둔 가혹한 아버지가 고발되어 있다. 이 충격은 어린 카프카에게 언제든 쾌적한 환경에서 쫓겨나 잔인한 무법천지의 세계로 던져질 수 있다는 상처를 남겼다. 어느 날 잠에서 깨어나니 가족에게 쓸모없는 해충으로 변해 버린 『변신』의 그레고르처럼. 카프카는 마흔일곱 장에 달하는 편지를 써서 어머니에게 건네고, 어머니는 남편이 읽지 않는 것이 낫겠다 판단하고는 아들에게 편지를 돌려준다. 편지에는 아버지에 대한 긍정적인 면, 더 나은 관계에 대한 희망도 담겨 있건만, 카프카가 아버지에게 보낸 편지는 카프카의 소설 『소송』의 요제프 K처럼 아무리 애를 써도 자신의 항변이 심판관에게 닿을 수 없었다.

프란츠 카프카는 기독교와 유대교가 혼재하는 도시 체코 프라하에서 1883년 7월 3일 태어났다. 권위적인 아버지와 우울증을 앓는 어머니 사이에서 성장한 카프카는 아버지의 가부장적 폭력과 어머니의 분열적 태도—아들을 보호하는 한편 무의식적 사냥 몰이꾼 역할을 하는—로 인한 갈등을 평생 겪는다. 카프카에게 아버지는 법의 세계, 어머니는 불안의 세계였다. 여동생이 셋 있었는데 오빠를 괴롭히거나 도움을 주는 모순된 인물들이었다. 문학을 사랑했지만 프라하대학교에서 법률을 공부한 카프카는 1908년 근로자사고보험국에 취직한 후 14년간 관리로 일한다. 이른 아침 출근해서 오후까지 일하다 밤늦게까지 글 쓰는 생활을 반복했고, 아버지와 매제의 일을 거들거나 과중한 업무로 글을 쓰지 못할 때마다 불안과 우울을 느꼈다. 이십 대 문청이었던 나는 카프카에게 일종의 연대 의식을 느꼈다. IMF에 학교를 다닌 나는 채무에 쫓겨 집 안이 무너지는 경험을 했기에(나이를 짐작하실 수 있겠다.) 등단하고 싶을 때에도 밥벌이가 언제나 우선이었다. 낮에는 학교에서 공부하고 밤에는 학원에서 아이들을 가르치던 대학 시절 내 소원은 글을 마음껏 쓸 수 있는 책상과 침대가 놓인 내 방, 그리고 글을 쓸 시간이었다. 체코 프라하에 사는 카프카라는 청년의 삶이 내가 느끼던 적막과 닮은 것 같아 그의 작품을 아껴 읽었다.

　봉수아에 갈 때마다 글도 쓰고 그림도 그려야지 다짐하지만 그 다짐은 자주 무너졌다. 글을 쓰고 그림 그릴 멘탈과 체력까지 준비하지 못한 탓이다. 봉수아를 단장한 첫해에는 이 생각 때문에 조급했다. 뭐든 성과를 내야 할 것 같은 불안감이 나를 괴롭혔다. 카프카는 어떤 마음으로 글을 썼을까. 카프카의 첫 책은 1912년 친구 막스 브로트가 소개한 출판인 에른스트 로볼트가 발행한 『관찰』이란 제목의 단편 소설집이다. 총 800부를 찍었으며, 카프카는 이 책을 브로트의 집에서 만난 직업여성 펠리체 바우어에게 헌정한다. 카프카의 기념비적 작품인 『변신』은 1915년에 출간된다. 무능하지만 권위적인 아버지, 선하나 결국 비인간적인 모습을 보이는 어머니와 여동생, 가장 역할을 하다 쓸모없는 벌레로 변신하자 내쳐져 비참하게 죽어 가는 그레고르. 벌레로 변신한 인간이라는 메타포 저변에는 작가 자신의 실존적 현실이 치밀하게 묘사되어 있다. 가족이라는 낯설고 친밀한 타인을 이토록 현실적으로 그려 낼 수 있을까. 당시 나도 내 삶에 기댄 소설을 몇 편 썼던 기억이 난다. 그 글들은 누군가(호재)의 실수로 모조리 재활용함에 들어가 버렸지만 지금까지 내 손에 있다고 해도 독자를 만나지는 못했을 것이다.

「사냥꾼 그라쿠스」, 「튀기」, 「산초 판사에 관한 진실」 등 단편을 쓰던 시기 카프카는 폐결핵 진단을 받는다. 1916년과 1917년 사이에 쓴 단편 「가장의 근심」은 유언을 암시하는 듯하다. 이 글을 쓴 후 카프카가 '일상과 일로부터의 해방'이라는 의미를 부여한 결핵 진단을 받기 때문이다. "이처럼 힘들 수는 없다고 뇌가 말하자, 5년 만에 폐가 그를 돕겠다고 나선 것이다."라고 카프카는 일기에 쓴다. 병에 걸렸는데 도리어 폐가 자신을 도왔고 일상과 일로부터 해방되었다니. 그가 얼마나 지쳐 있었는지, 짊어진 무게가 얼마나 묵직했는지 짐작케 한다. 요양원을 전전하다 1924년 6월 3일 빈 근처 키어링 요양원에서 사망한 카프카. 41년의 짧은 생 내내 많은 글을 썼지만 문학적 가치에 회의적인 그는 매번 발표를 주저했다. 카프카 아카이브에 대한 최근 기사에 의하면, 사망하던 해 카프카는 연인 도라 디아만트에게 두꺼운 공책 스무 권을 불 속에 던져 달라고 부탁했다고 한다. 도라는 그 부탁을 들어주었고, 카프카는 침대에 누워 자신의 원고가 불타는 것을 지켜봤다고 한다. 그 기분이 어땠을까. 죽기 전 자신의 모든 원고를 불태워 달라는 카프카의 부탁을 어긴 막스 브로트 덕분에 지금 우리는 『성』과 『소송』, 『실종자(아메리카)』를 읽을 수 있다. 카프카가 부친 편지는 그의 죽음 이후 수신인에게 도착한 것이다.

봉수아에 오면 내가 놓친 것, 잡고 싶은 것, 사라진 것들이 떠오른다. 오래된 아파트의 고요한 풍경 아래서 잔잔히 사납게 내 마음은 요동친다. 그러면서 나의 조급함의 이유가 무엇인지, 정말 내가 바라는 것이 무엇인지 다시금 묻는다. 돌아보면 문청 시절 등단을 원했지만 이루어지지 않은 그 소망 때문에 도리어 주저앉지 않고 삶에 박차를 가한 것 같다. 나를 움직이게 한 것은 내가 도달하고 싶은 욕망이 아니라 나의 결핍이었음을 생각한다. 시간이 지나 카프카를 다시 읽어도 그의 글은 여전히 결핍과 모순으로 가득 찬 지금 우리 현실과 닮았다. 카프카가 살던 시대만큼이나 불안하고 초조한 시대를 사는 우리이기에, 법(제도, 권력, 아버지 등) 앞에 서 있는 요제프 K의 우울이 무관하지 않다(「소송」). 만족할 줄 모르는 관리를 만나기 위해 성을 오르고 또 오르는 측량기사 K의 불안이 가슴 서늘하게 한다(「성」). 우리 시대는 여전히 카프카적이며, 수많은 카프카들이 카프카를 부른다. 카프카는 편지에 쓴다. '아버지, 제가 특별히 다루기 어려웠다는 것을 믿을 수 없습니다.'

술꾼

봉숫골에 있는 술 빚는 집 '정도악 도가'('빌레트의 부엌'이라는 이름
으로 운영하는 퓨전 주점이기도 하다.)는 우리가 통영에 내려가고
반년쯤 뒤 생겼다. 길가 아담한 2층 주택이 리모델링 공사에 들어
가더니 어느 날 가게로 변모했다. 느지막이 저녁 먹을 곳을 찾다
들어갔는데 김창남 국수, 고메주 등 메뉴명이 특이했다. 김창남
국수와 통오징어 구이, 감자전을 주문하고 고메주도 한 병 시켰
다. 주인에게 고메주에 대해 물으니 고구마 효모로 직접 빚은 술
이라고 했다. 맑은 미색을 띤 술은 과하지 않은 도수에 살짝 시큼
함이 도는 담담한 맛이었다. 화이트와인 같기도 하고, 청주 같기
도 한 고메주에 안주를 곁들여 먹는 와중에 김창남 국수가 나왔

다. 육수를 부은 흰 면발 위에 간장과 고춧가루, 쪽파 등속을 넣어 만든 양념장이 계란 흰자와 노른자 고명과 함께 올려 있었다. 한데 섞어 먹으니 개운한 감칠맛에 속이 뜨듯하다. 제주에서 10년간 게스트하우스를 운영하다 할머니가 살던 통영 집에 내려와 집을 고쳐 식당을 연 주인은 할머니에서 어머니로 이어진 국수 레시피를 메뉴에 추가하고 어머니 이름을 따 '김창남 국수'라 이름 지었다 한다. 가게는 깔끔했고, 창문가에 놓인 작업 책상이며 소품 모두 공간과 잘 어울렸다. 서울에서도 가끔 고메주가 떠오른다. 통영에 내려올 때마다 종종 정도악 도가에 가서 고메주를 마신다.

봉숫골에서 가장 손님이 많은 곳은 텐동을 파는 '니지텐'이다. 가게는 11시 반에 문을 여는데 30분 전부터 가게 앞이 대기 손님들로 북적인다. 열두어 명 정도 앉을까, 주방을 에워싸고 직사각형으로 테이블이 놓여 있는데 커다란 기름 솥에서 바로바로 새우, 생선, 버섯, 김 등을 튀겨 밥 위에 올려 손님에게 건네니, 먹는 입장에서는 신선도가 100퍼센트로 느껴진다. 니지텐에 가면 에비텐동을 주로 주문하는데 뜨거운 밥과 튀김, 명란 반찬에 시원한 버드와이저를 곁들이면 환상적인 조합에 미소가 절로 나온다. 니지텐에서 몇 집 아래 정원이 환상적인 '정원'이라는 이름의 식당이 있다. 마당 가득 꽃과 식물이 심겨 있는 이 식당 역시 옛집을 고쳐 가게를 운영하는데, 이곳에 오면 갈치조림에 산양막걸리를 주문한다. 애호박이 듬뿍 들어간, 살이 통통히 오른 갈치조림은 양념맛도 일품이다. 밥과 함께 먹다 막걸리 한 잔 따라 목을 축이고 철마다 달리 피는 정원의 꽃과 식물들을 바라보면 옛 노래를 흥얼거리게 된다.

미수해안도로가 5층 건물 4층 케네디 레스토랑에서 돈가스나 정식을 먹고 나면 하이볼이나 마티니 등 칵테일을 한 잔 주문한다. 컨디션이 좋으면 생맥주를 먼저 한잔하고 분위기 돋우는 칵테일을 마신다. 홀 전체가 나무 재질로 꾸며진 이곳은 옛날 경양식집 분위기가 그대로 느껴지고, 돈가스나 정식 등이 옛 레시피 그대로 나온다. 노란 수프와 양배추에 마요네즈를 얹은 샐러드, 큼직한 접시에 놓인 바삭한 돈가스와 농도 짙은 돈가스 소스. 후식으로 나오는 오렌지 주스. 커다란 테이블과 넉넉한 소파에 앉아 올드팝이나 발라드를 들으며 바다 풍경을 바라보면 오래전 단골인 양, 시간 여행을 온 양 마음이 느긋해진다. 그 건물 5층에는 민수사라는 제법 고급스러운 횟집이 있는데, 회 세트를 주문하면 그야말로 상다리 부러질 듯한 상이 차려진다. 메인 회가 나오기 전에 술과 곁들일 온갖 수산물이 나오는데 새우, 멍게, 개불, 해삼, 튀김, 샐러드 등 큰 테이블 가득 먹음직스러운 요리들이 채워진다. 민수사에서 회를 먹을 때는 청하를 마신다. 맑고 개운한 청하를 바다 요리들과 함께 먹으면 그 깊은 청량감이 꼭 바다 같다. 5층 통창 너머로 미수해안 바닷골이 훤히 드러나고, 멀리 고

통영에서는 낮이든 밤이든 술을 마시게 된다. 풍경이 좋아서, 안주가 좋아서, 마주 앉은 사람이 좋아서. 나는야 술꾼!

깃배 지나가는 풍경을 바라보면 대단히 잘 산 느낌이 든다. 단점이 있다면 술을 많이 마시게 된다는 것이다.

미수해안도로에서 봉숫골 방향으로 걸어가면 오른편에 탑마트가 있다. 저녁나절 봉수아로 들어가기 전 마트에 들러 전복과 뽈락을 사거나 와인을 골라 담고 충무김밥집에 들러 김밥 2인분을 포장한다. 숙소에 와서 전복을 삶거나 뽈락을 굽거나 귀찮으면 충무김밥을 풀어 큼직한 깍두기와 오징어무침, 어묵조림에 곁들여 와인을 마신다. 대개 화이트와인과 레드와인을 한 병씩 사는데 화이트와인을 먼저 따 생선이나 전복과 마시고, 몸이 노곤해질 때 레드와인을 따 어묵 조림과 마신다. 술안주가 부족하다 싶으면 비촌치킨 한 마리를 주문한다. 옛날식 통닭을 튀겨 주는 이 집 통닭은 치맥하기 맞춤이다. 최근 티브이를 구비했지만 이전에는 밤새 클래식 라디오를 틀어 놓거나 7080 노래를 들으며 와인을 마셨다. 간간이 창문을 연 채 침향을 켜 밤의 고즈넉함을 더한다.

늦잠을 자다 출출할 때 일어나 봉숫골 카페 몸과 마음 옆집 식당에 가서 보리밥이나 낙지덮밥을 시킨다. 이 집 낙지는 주인이 이른 아침 고깃배로 직접 잡은 것들이라 아주 싱싱하다. 밥을 먹을 때는 병맥주를 주문해 한두 잔 곁들이며 해장한다. 배가 든든해지면 생각나는 건 커피다. 맥주 뒤 이어지는 커피 맛은 잘 어울리는 조합이기에 커피집 선정도 고심하는데, 몸과 마음의 깔끔하고 진한 커피는 언제나 굿 초이스다. 저렴하고 신선한 회가 먹고 싶으면 북신시장에 가서 양식이 아니라 바다에서 잡은 싱싱한 광어회나 오징어회를 뜬다. 북신시장에 가면 회만 뜨는 게 아니라 어리굴젓이나 새우튀김, 떡이나 과일 등 시장 안에서 파는 다양한 먹을거리도 함께 산다. 북신시장에서 회를 사면 편의점에서 네 캔에 만 원 하는 캔맥주를 골라 산다. 주로 라거 계열을 고르는데 회에는 흑맥주나 에일보다 잘 어울리는 것 같다. 북신시장에서 사는 회는 크기가 작은 편인데 양식이 아니라 자연산이라 그렇다고 한다.

결론. 봉수아에 내려오면 낮이나 밤이나 줄창 마신다. 긴장이 누그러지고 잠이 잘 와 술을 마시기도 하지만, 통영의 온갖 산해진미가 술을 부르니까, 함께하는 이가 좋아 마신다. 술을 좋아하지만 나름 지키는 게 있긴 하다. 혀가 풀릴 만큼 취하지 않는다. 취하는 걸 별로 좋아하지 않는다. 호재는 술은 취하기 위해서 마시는 거라고 하지만 내 생각은 다르다. 술을 마시다 보면 취할까 말까 풀어질까 말까 기분이 좋을까 말까 줄타기하는 듯한 순간이 오는데, 그 사이를 오가는 술자리가 내게는 더 매력적으로 느껴진다. 술을 마시고 나서 산책을 할 수도 있고 책을 읽을 수도 있고 작업을 할 수도 있는 정도의 취기를 선호한다. 술에 묶여 몸이 무거워지는 것도 별로고 말이 넘치는 것도 별로다. 술 마시고 뒷정리를 하고 취침하는 게 좋고, 다음 날 아침 차를 마시며 해장하는 것도 좋다. 술을 마시든 무엇을 하든 깔끔함이 뒤따르는 것을 좋아한다. 지인 중에 '개운하다'는 단어를 선호하는 분이 있는데 그 표현이 적절하다.

술과 친해진 건 사실 몇 해 되지 않는다. 술에 관한 안 좋은 기억이 많기 때문이다. 주야간 격주로 일하는 노동자였던 아빠는 낮에 일할 때는 밤에, 밤에 일할 때는 아침에 술을 마시고 집에 왔다. 그래서 늘 술 때문에 엄마와 싸웠다. 그 모습을 보고 자랐기에 술 좋아하는 호재가 취하는 걸 싫어한다. 기분 좋게 시작한 술자리는 취하는 순간 말다툼으로 바뀐다. 실컷 싸우고 나서 다음 날 취한 당사자는 기억하지도 못한다. 와인은 다른 이유로 친해지지 못했다. 잡지사 외주 편집자로 8년 일했는데 어느 날 회사 대표가 바뀌었다. 그 소식을 들은 며칠 뒤 집으로 와인 한 병이 배달되었다. 우아한 방식의 해고 통보였다. 와인을 건네는 퀵서비스 편으로 포장째 대표에게 돌려보냈다. 비정규직인 내게 와인은 일종의 퇴직금이었다. 8년이나 일했는데 퇴직금이 협찬사가 사은품으로 준 와인 한 병이라니. 법적으로 퇴직급여를 보장받지 못하는 나를 조롱하는 듯해 이를 갈았다. 한번은 비교적 최근인데, 퇴사를 앞둔 내게 상사가 준 와인이다. 본인이 직접 골랐다고 생색낸, 그 귀하신 상사 덕분에 퇴사했으니, 독약이 든 술을 받아 든 기분이었다. 다음 직장이 정해지던 날 그 와인을 따서 다디달게 마셨다.

예전에 읽은 단편이 떠오른다. 아버지 심부름으로 주전자를

들고 주점에서 술을 받아와야 했던 꼬마가 한 집 가서 술을 받아
서는 주둥이에 입을 대고 술을 홀짝거리고, 다음 주점에 가서 술
을 받아서는 주둥이에 입을 대고 술을 홀짝거리고…… 그렇게
집에 갈 때까지 아이는 주전자에 든 술을 홀짝홀짝 마신다. 어린
자식에게 술 심부름을 시키는 주정뱅이 아버지, 아버지 술 심부
름을 하다 맛을 배워 술꾼이 된 자식. 술의 대물림이자 가난의 대
물림이다. 지금은 아이에게 술 심부름을 시키는 경우가 거의 없
지만 예전엔 안 그랬다. 나도 어릴 때 술 심부름을 했다. 초등학생
때 부모님이 함바집을 했다. 집 앞 하천 복개 공사를 하는 인부들
에게 밥을 대 주던 부모님은 새벽에 일어나 늦은 밤까지 인부들
이 먹을 세 끼를 차리고, 참을 만들고, 저녁 술자리에 곁들일 안주
를 만들었다. 인부들은 낮이나 밤이나 술을 마셨기 때문에 술은
자주 동이 났고, 그럴 때 우리 사남매에게 술 심부름이 떨어졌다.
그날도 집 앞 가게에 급히 가서 막걸리 세 병 들고 냉큼 뛰어오라
는 엄마의 심부름으로 술을 사서는 가슴에 안고 걷다가, 같은 반
남자애 셋과 마주치고 말았다. 당시 나는 반장이었다. 다음 날 학
교에 가니 짓궂은 사내애들은 이미 우리 집이 술집이라는 말을
퍼 나르고 있었다. 지금 생각하면 부끄러움이 아니라 모멸감이었
다. 자존심을 다친 그날 이후 공부를 더 열심히 한 걸 보면. 가끔
인부들을 관리하는 분들이 안방을 차지하고 늦은 시간까지 술을
마신 적이 있었다. 그때는 가게 테이블에 앉아서 술꾼들을 저주

하며 공부를 했다.

술에 관한 안 좋은 기억들이 많건만 이제 나도 술꾼이다. 나름 우아하게 이 술 저 술 골라 마시는 술꾼이다. 젊은 시절엔 술 때문에 많이 싸운 호재도 지금은 나름 괜찮은 술친구가 되었다. 각자 취향의 술을 자기 자리에 한 병씩 놓고 알아서 마시고, 안주 공유하며 각자 딴짓하며 마시는 술자리다. 어떤 안 좋은 과거의 기억은 괜찮은 지금의 기억으로 만회할 수도 있을 것 같다. 얼마 전 호재와 제주 여행을 다녀왔다. 예전에 제주 여행 때 호되게 싸운 기억이 있어서 다시 가지 않은 제주를 택한 건 기억을 만회하고 싶은 마음도 있어서였다. 여행 출발 전 서로 다짐했다. 절대로 싸우지 말자. 그러고 나서 3박 4일 내내 안 싸우고 잘 지냈다. 술꾼의 마음을 이해하게 되니 술이 더는 무섭지 않다.

생활 바보

어느 날 눈을 떴는데 (카프카의 소설 「변신」의 그레고르 잠자처럼 벌레로 변신해 있는 게 아니라) 출근하지 않아도 된다는 걸 깨달았다. 한차례 폭풍 같은 마감을 치르고, 배송과 창고 정리까지 마무리하고, 동료와 인사를 나누고, 나를 싫어하는 상사가 생색내며 준 와인 한 병을 들고, 퇴근 한 시간 전 조용히 사무실을 빠져나왔다. 퇴사를 앞둔 일요일에 회사 짐들을 집으로 부쳤다. 대개 책이나 도록 따위. 유산균이나 레모나 따위, 테라플루와 판피린에프와 베아제 따위, 필기구와 포스트잇 잔뜩. 반도 넘게 남은 명함 상자를 쓰레기통에 버릴까 하다 상자에 넣었다. 일 빼고 남은 걸 챙기니 가져가도 상관없지만 버려도 무방한 것들만 남았다. 침대에 몸을 뉜 채 무엇을 해야 할지 몰라 인스타그램을 열고 지인들 피드에 하트를 누르다 내가 낯설었다. 지난 몇 년간 일하지 않은 날이 하루도 없었다는 걸 깨달았다.

주말에도 일, 휴일에도 일, 여행 가서도 일, 낮에 일하다 밤에도 일, 새벽에도 일. 마감을 사명으로 여기며 내 생활 시계는 모두 일을 바라보며 질주했다. 주말이나 휴일에는 쉴 수 있겠지 싶어 프리랜서 생활을 정리하고 다시 간 회사에서도 쉬는 날이 없었다. 퇴근해도 다음 날 일 생각, 평일 못한 일을 쳐 내느라 노는 날 회사에 가야 했다. 너무 열심히 일한 것이 화근이었다. 부당한 처사에 참지 못해 폭발했고 상사 눈 밖에 났다. 그렇게 회사 생활이 정리되었다. 노트북을 열었다. 이제 현재 모드로 전환. 예전에 프리랜서로 일하던 출판사 부장님께 메일을 쓴다. '부장님, 저 다시 백수가 되었어요. 일 주시면 열심히 하겠습니다.' 이제는 일만 하지 말고 몸을 좀 돌보자 하는데 지난날 과오가 떠오른다. 수영 강습 석 달 치 끊었는데 두 번 갔다. 수영모 안경 수영복 세트로 사서 사물함에 넣어 두었는데, 찾으러 가지 않았다. 요가 석 달 치 끊고 하루 갔다. 사물함에 새로 사서 넣어 둔 체육복 세트도 찾으러 가지 않았다. 헬스 한 달 끊고 하루 갔다. 헬스장 사물함에 새로 산 나이키운동화 넣어 두고 찾으러 가지 않았다. 이건 뭐 골고루 자선한 거나 마찬가지다. 글이나 쓸까. 노트북 커서 위에 손가락을 올린다. 쓰이지 않는다. 나는야 생활 바보.

워크홀릭, 일 중독자…… 지인들은 내게 종종 이렇게 말한다. 바쁘니까, 일이 많으니까, 일을 좋아하니까. 틀린 말은 아니다. 나는 일을 좋아하는 편이었고 맡으면 내 작업을 하듯 몰두했다. 일을 맡으면 완성까지의 단계를 짚으며 새벽에도 일하고 점심 거르고 일하고 경조사 때도 일하고 어느 때는 꿈속에서도 일했다. 일만 하다 보면 일하는 몸으로 변한다. 일에 몰두해 밥을 거르고 졸음이 와도 참고 일하거나 피로가 쌓이는데 휴식하지 않으면, 일하는 몸은 제대로 먹지도 자지도 쉬지도 못하게 된다. 일하는 몸은 일에만 최적화되어 나머지 기능을 거부한다. 그러면 낮에도 밤에도 졸리고 기력이 없다 우울해진다. 그러면서 깨닫는다. 일하다 죽을 수도 있겠구나. 엄살 같지만 사십 대의 몸은 그런 신호를 준다. 반복 행위가 만들어 낸 몸의 메커니즘은 의지보다 빠르게 몸을 장악한다. 반복된 행위의 성취를 위한 기능만 특화된다. 일충동. 자, 일이 시작되었다. 일을 멈추지 말자, 몸이 알아채기 전에 일을 멈추지 말자, 자자, 일하자.

몇 년 전 어떤 불행을 겪은 후, 불면증과 가슴 뜀이 심해져 일도 생활도 유지할 수 없는 지경이 되었다. 회사 근처 신경정신과를 찾아갔고, 검사 후 얻은 병명은 역시 강박과 불안장애였다. 의사는 강박은 다른 증상보다 나아지는 데 시간이 오래 걸린다고 했다. 아닌 게 아니라 약을 먹게 된 지 2년이 넘어갔다. 내게 따라붙는 두려운 단어는 강박이다. 사실 오래전부터 강박을 앓아 왔다. 어릴 때는 일곱 가지 정도의 틱 증세가 있다가 사라졌고, 중고등학생 때는 다양한 종류의 강박을 겪었다. 예를 들면 보도블록의 금을 밟으면 안 되고, 어떤 단어를 읽으면 반드시 5의 배수로 맞아떨어져야 하고, 떨어지지 않으면 그 수를 채울 다른 단어를 읽어야 하고, 누군가를 부를 때는 성과 이름을 붙여서 불러야 하고, 신발은 같은 걸로 두 개를 사고, 집 앞 나뭇잎을 하루 한 잎씩 따 먹고 등 나만의 금기와 규칙 안에서 살았다. 편집 일을 하며 강박적 기질은 일로 '진화'했다. 어떤 일을 맡으면 머릿속에 일의 목록을 정해 그날 정한 일은 그날 반드시 해야 한다. 하루치를 마무리하고 자기 전 다음 할 일을 정하고, 변수가 생겨 그날 일을 하지 못하면 잠이 안 온다. 강박은 장점과 단점 모두 가지고 있다. 강박적 기질을 일에 적용하면 효율이 높다. 공부도 그러한데, 포기를 모르는 강박의 정리벽을 활용하면 레포트를 쓰거나 논문을 쓸 때 도움이 된다. 강박은 무언가 하나에 꽂히면 어떤 상황에서도 그 꽂힌 것을 따라서 움직인다. 일이나 어떤 생산성이 예견되는 것에 강박적 성향은 성취 가능성을 높인다. 일 잘하는 사람이라는 평판을 얻을 수도 있다. 하지만 강박은 사람과의 관계나 생활에서 때때로 난처한 상황을 만든다. 강박은 자기 자신을 괴롭히면서 일하는 경우가 많은데 안 그런 사람의 공감을 받기 힘들기 때문이다. 점심시간에 편하게 밥 먹고 싶은데 이글거리는 눈빛으로 일 얘기만 하는 사람을 떠올린다면. 나라도 싫겠다. 평소 친한 사

이인데 같이 일하다 서로 질리는 경우도 있다. 나도 누군가에게 그랬고, 누군가도 내게 그랬다. 일만 하면 가족과도 소원해진다. 그렇게까지 일해야겠어. 상대의 침묵이나 눈빛에서 이런 말이 읽히면 일에서는 성취했을지 모르지만 인생에서는 무언가 실패한 것 같다.

　작년 연말 항불안제에 관한 다큐멘터리를 보게 되었는데(넷플릭스 다큐멘터리 「테이크 유어 필스: 자낙스의 경고」) 그때 단약을 생각했다. 불안, 불면, 공황장애를 앓는 이에게 신경정신과에서 처방해 주는 약은 도움이 된다. 교감신경과 부교감신경을 조절해 주기 때문에 심장이 세차게 뛰지 않은 채, 화가 나지 않은 채, 불안이 잠잠해진 채 일하고 자고 생활할 수 있기 때문이다. 문제는 복용 기간이 길거나 현실의 문제가 개선되지 않을수록 약에 의존하게 된다는 거다. 내 경우도 그랬다. 중요한 미팅이 있거나 발표 자리가 있는데 약을 챙겨 오지 않으면 심장이 세차게 뛰면서 현기증이 났다. 약을 오래 먹으면 점점 더 머리가 탁해진다. 졸리거나 각성 상태가 되는 등의 증상이 이어진다. 고백하자면 봉수아에 내려가는 기간 내내 약을 먹었다. 지난 시간 나를 지탱해 준 건 봉수아, 그림책 작업, 그리고 약이었다. 다큐에서 한 의사의 말이 단약을 하자는 내 결심을 부추겼다. 삶은 원래 고통스럽다. 평소 정신의 근육을 키워 놓으면 불안과 공황이 와도 약 없이 살아갈 수 있고, 인간의 회복탄력성을 신뢰할 수 있으니 자신을 믿어 보

라. 지금이 단약을 해야 할 시점임을 느꼈다.

　일주일 단위로 약을 줄였다. 아침저녁 먹는 약은 반씩 잘라 먹고, 한 주 뒤 반의반을 잘라 먹었다. 그러다가 견디기 힘들 때만 약을 먹었다. 두 달이 지난 지금은 힘들어도 약을 먹지 않는다. 어지럽고 심장이 뛸 때 참기 힘들다. 몸에서 미약한 경련이 일어나긴 밤 설칠 때 괴롭다. 그런데 지금이 아니면 정말 못 끊을 것 같아 버틴다. 생활에 변화를 주었다. 지난 시간 나는 결핍을 감추거나 채우는 데 공을 들였다. 가까운 이보다 멀리 있는 사람에게 잘 보이려고 애썼다. 나보다 남에게 좋은 사람처럼 보이려고 했다. 지식을 채우는 데 급급해 지혜를 느끼는 데 소홀했다. 귀를 열고 눈을 열어 자연과 시간의 변화를 감각하는 데 인색했다. 욕망 기계에 영혼이 갈린 경험을 하고 사회와 조직의 셈법을 이해하게 되면 어떤 것이 나와 내 삶을 혼탁하게 만드는지 보이는 것도 같다. 프리랜서일 때는 정규직이 되고 싶고, 공부할 땐 수료자가 되고 싶고, 대리일 땐 과장이 과장일 땐 부장이, 도전자일 때엔 프로가 되고 싶다. 이렇게 되고 싶다에만 집착하면 만족의 끝이 과연 올까. 진짜 내공 있는 사람은 모름을 배우려 애쓰는 상태, 용기를 내어 모름을 경험하는 현재를 즐기는 면모에서 차이가 나는 듯하다.

　'나는 춤출 때 춤을 추고, 잠잘 때 잠을 잔다.' 몽테뉴가 한 이 말의 의미를 조금 알 것 같다. 이 말은 지금을, 현재를 살자는 의미 같다. 원하는 대로, 생각하는 대로 살자. 모두의 바람이나 소수의 성취인 이 삶을 500년 전 율로족 미셸 드 몽테뉴는 살았다. 귀족 가문에서 태어나 법관으로 봉직하다 서른여덟 살에 일찌감치 은퇴, 조상에게 물려받은 보르도 몽테뉴 성 꼭대기에 서재를 꾸미고는 '자기 자신'을 탐구하며 기록한 별종. 전 세계를 여행하며 천태만상 즐긴 방랑자, 물질세계의 덧없음을 깨닫고 정신의 자유를 찾아 나선 자유인. 이런 수식 중 몽테뉴라는 사람의 으뜸 매력을 꼽으라면 '쿨~~함'이다. 문체가 간결하고 표현이 거침없으며 자신에 대해서는 솔직하고, 당대 세태나 관습에 대해서는 독설에 가까운 글발로 대차게 지적한다. 이 사람이 중세인 맞나 싶다. 그래서 몽테뉴 생전 출간된 『에세』는 교황청 검열에 걸려 일부 수정을 요청받았을 정도다.

몽테뉴가 죽을 때까지 쓴 『에세』는 107가지 이야기로 구성되었다. 슬픔, 무위無爲, 비겁함, 의연함, 공포, 상상, 우정, 중용, 죽음, 홀로 있음, 잠, 냄새, 나이, 주벽, 양심, 욕망, 게으름 등등 몽테뉴가 골몰한 주제가 107가지나 되는 셈이다. 그러고 보면 은퇴 후 몽테뉴의 삶은 단출했다. 일어나서 먹고 읽고 쓰고 산책하고 자기. 가끔 여행 가고, 가끔 춤추고, 아주 가끔 손님을 맞이한 게다. 대부분의 시간을 몽테뉴는 자기 자신, 즉 '나, 미셸'을 탐구하며 보냈다. 왜 그랬을까. 타고난 기질이 워낙 자유분방한 면도 있지만, 책을 읽으며 짐작되는 건 글쓰기가 슬픔을 이겨 내기 위한 방편이 아니었나 하는 것이다. 몽테뉴는 영혼의 단짝 친구 라보에시를 떠나보냈고, 5년 뒤 아버지를, 1년 뒤 아우를, 1년 뒤 큰 딸을 잃었다. 그사이 몽테뉴 자신도 낙마 사고로 죽음 직전까지 경험했다. 사랑하는 이를 연이어 잃은 허망함, 낙마와 신장결석이란 병 등 인생의 고비에서 몽테뉴는 기존에 안다고 생각한 모든 판단을 멈추고(에포케epochē), 다시 새롭게 '자기 자신'을 소재로 글을 쓰며 자기를 치유한다. 자기 탐구의 과정을 통해 몽테뉴는 인간 정신의 잡다함과 유동성, 인간 감각과 이성의 허술함과 편파성을 발견하고는 그 한계가 보편적 인간 조건임을 알게 된다. 그러고 나서 자문한다. '내가 무엇을 아는가?Que sais je?'

내가 무엇을 아는가? 내가 아는 건 더 늦기 전에 습관을 바꾸고 몽테뉴처럼 진짜 나를 알아가는 과정에 돌입해야 한다는 것이다. 내가 보고 싶은 나, 억누를 수 없는 화를 품고 있는 나를 외면하지 않고 나 자신을 바꾸기 위해 노력해야 한다는 것이다. 세상 어려운 것이 습관을 바꾸는 게 아닐까. 부정에서 긍정으로 심각에서 초연으로 과거를 현재에 살다 현재를 현재에 사는 것으로 바꾸기. 단약은 정말 쉽지 않다. 약의 효능으로 유지된 몸과 감정의 상태에 기대어 살다 다시금 홀로서기를 해야 하기 때문이다. 어지럼증을 느끼고 작은 일에 화나고 소소한 일에 집착하고 등등 단약 증세를 느낄 때마다 이런다고 안 죽어 하며 다독인다. 정 힘들면 걷자. 정 힘들면 봉수아로 떠나자. 말을 삼키고 참견하고 싶고 오지랖 부리고 싶어도 참는다. 나도 흐름 한번 타 보자. 이 마음으로 나의 오랜 습관인 강박과 불안을 잠재우려 애쓴다. 다시 내게 폭풍이 들이닥쳐 약을 먹지 않으면 버티지 못할 시점이 올지 모른다. 하지만 이번 경험을 통해 나는 약에 의존하지 않고 절제하는 습관을 얻을 거다. 사람 안 변하지만 이제껏 나를 지탱해 준 내 안의 긍정을 깨워 본다. 오늘 일이 안 되면 내일 다시 하면 된다. 일할 때는 일하고 놀 때는 놀자. 몽테뉴처럼! 주방을 치우지 않고 밥을 해 먹어도 된다. 모든 관계에 종종걸음으로 쫓아다니지 않아도 된다. 좋아하는 사람은 나를 좋아할 테고 싫어할 사람은 나를 싫어한다. 내가 죽어라 애써도 안 되는 게 많은 것도 알겠다. 아, 나도 생활 바보를 면하고 싶다. 몸과 마음을 같이 사는 사람이 되고 싶다.

이런 마음을 안고 시작한 것이 몇 가지 더 있다. 일기 쓰기. 호흡으로 명상하기. 걷기 연습. 상품 가치가 없어 팔지 못하는 유기농 채소 과일 등을 꾸러미로 만들어 정기적으로 보내 주는 어글리어스 마트 정기 구독, 일주일에 최소 이틀은 요리해서 집밥 먹기, 매달 첫째 주 토요일에 미술관 가기 등 노는 활동을 늘려 갔다. 일상의 리듬을 흐트러뜨리지 않고, 몸으로 감각하는 것에서 즐거움을 얻는 경험을 만들어 보자. 그렇게 한 걸음씩 노는 나를 되찾아 보자. 제일 중요한 것! 생활을 제대로 하지 못하더라도 나를 괴롭히지 말자. 건강한 삶을 포기하지 말자. 오늘 못 하면 내일 하면 된다. 어제만 삶이 아니고 오늘도 삶이고 내일도 삶임을 잊

지 말자. 우울감에서 벗어나는 방법 중 하나는 자기 자신과의 소
소한 약속을 잘 지키는 거라고 한다. 스스로 결정한 작은 일을 지
키면 성취감을 느끼고 자신을 좀 더 아끼게 된다고 한다. 나도 나
와의 소소한 약속을 잘 지키고 싶다.

언젠가 생활 바보가 아닌 나와 같이 살 때까지.

두 번째 짓기

처음 봉수아를 수리할 때 최소한의 비용으로 고치다 보니 5년이 지나자 손볼 곳이 많다. 집을 비워 두는 게 문제였다. 한 달에 채 일주일을 쓰지 않으니 습도며 온도가 관리되지 않아 곰팡이도 슬고 묵은 냄새도 난다. 특히 '똥손'으로 시도한 화장실 보수가 화를 불렀다. 회칠이 툭툭 떨어지더니 석 달이 지나도 바닥 칠이 마르질 않는다. 마르기는커녕 틈새로 물기가 스며들어 기포가 부풀어 올라오다 손으로 툭 건드리면 꺼진다. 화장실에서 에일리언을 키우는 기분이랄까. 짧게 쓰더라도 봉수아에 오면 쾌적했으면 좋겠다는 바람. 이 바람에는 투자가 필요하다. 결국 봉수아 두 번째 '짓기'를 결심한다. 우선 보수 비용을 알아야 했다. 업계 숨은 고수를 찾아주는 앱을 깔고 화장실 타일과 벽 페인트칠 작업을 해 줄 고수들에게 견적을 요청했다. 신청하자마자 거제, 진주, 통영 등지의 업자들이 견적을 보냈다. 프로필을 보며 경력이 얼마인지, 믿을 만한 업체인지, 시공 후기는 어떤지 등을 살피고 타일 공사, 페인트칠 기술자를 선택했다. 집 벽을 칠해 줄 거제 사는 고수와 무슨 색을 칠할지 상의했다. 그분 말씀이 대개 흰색이나 아이리스 계열로 칠하지만 옅은 회색도 종종 칠한다고 한다. 고수가 색 번호를 알려 줘서 홈페이지에 들어가 검색하니(NOROO NU 3002 foggy iris였다.) 안개 낀 붓꽃, 오, 이름이 근사하다. 호재가 아이리스도 난의 일종이란 걸 알려 줬다. 내친김에 인터넷으로 아이리스 꽃을 찾아본다. 단아하다. 집에 칠해진 벽 색깔을 볼 때 안개 낀 날 아이리스 꽃을 바라보는 기분이면 근사할 것 같다.

다음은 타일. 진주 사는 타일 고수는 밝은색을 원하는지 어두운 계열을 원하는지 묻고 벽과 바닥 타일 샘플 사진을 몇 개 찍어 보냈다. 이왕 쓰는 돈, 밝게 가자. 밝은 쪽으로 골랐더니 두 고수 모두 다음 날부터 공사를 시작하겠다는 문자를 보낸다. 날짜가 겹쳐도 되는지 물으니 두 분 다 문제없단다. 그런데 공사 당일 타일 고수에게 전화가 왔다. 페인트 고수랑 날짜가 겹치면 안 된다고(이제 와서?), 페인트를 칠하면 철거 시 먼지가 묻어서 안 된다는 것이다(이제 와서?). 페인트 고수와 그 문제를 상의하니 본인이 알아서 정리하겠다고 한다(어떻게?). 다음 날 아침에 페인트 고수에게서 전화가 왔다. 목소리가 나른한 분이었다. 공사를 방해하지 않으려고 그날 밤을 새워 칠을 했다고 한다. 아, 밤을 새워서 목소리가 나른한 거구나. 통화를 마치고 페인트 고수가 공사를 마친 벽 사진을 찍어 보냈는데 깔끔하게 칠이 완성되어 있었다. 타일 고수는 부부가 공사를 같이 하는 모양이었다. 그런데 진주라니. 사실 이분은 애초 내가 원하던 타일 고수가 아니다. 내가 픽한 거제 사는 타일 고수가 앱에 설치된 메시지로 10시 넘어 전화를 달라고 했는데, 무슨 일인지 9시경 핸드폰 번호가 하나 날아왔다. 아, 통화가 가능한가 보군. 해서 고수와 전화로 이런저런 상의 후 계약금을 부쳤는데, 오후 3시쯤 낯선 번호로 전화가 왔다. 상대방은 매우 점잖고 느린 목소리로 왜 전화를 하지 않았냐고 물었다. 아뿔싸. 다른 분이었구나. 그제야 타일 고수가 중간에 바뀐 걸 알았다. 모든 일처리를 앱과 문자와 전화로만 하다 보니 이런 혼선이 생겨 버렸다. 운에 맡길 수밖에. 그렇게 맡긴 진주 고수도 공사를 마친 화장실 사진을 보냈는데, 사진상으로는 아주 럭셔리해졌다. 게다가 예정에 없는 화장실 수납장과 변기 교체 서비스까지 해 주었다. 실물이 어서 보고 싶다. 이제 나는 짓기에 쓴 비용만 갚으면 되는 건가. 사진을 보여 주며 봉수아에 얼른 가자고 호재를 재촉하니 투덜거린다. 나는 안 고쳐도 상관없는데. 이 모든 게(집을 고쳐야 한다는 집착이) 당신 마음에서 오는 게 아닐까.

그럴지도. 나의 성격과 결벽에서 온 것이 클 게다. 어딜 가든 뭘 하든 좋다가 싫고 쉽다가 어렵고 편안하다 불안하다. 봉수아에 갈 때도 내 마음은 변덕스러운 날씨 같다. 어느 때는 마주치는 모든 게 정겹다가 어느 때는 그저 무감각이다. 쉬고 싶어 왔는데 상념이 떠나지 않고 일상에 밴 때가 빠지지 않는다.『아무것도 하지 않는 법』을 쓴 제니 오델은 아무것도 하지 않으려면 일상에 '틈'을 만들어 낼 용기가 필요하고, 다르게 살 결심을 해야 한다고 말한다. 오델은 말한다. 번아웃 상태이거나, 너무 열심히 일해서 하루하루가 똑같은 나날처럼 느껴진다면 생각해 보라고. 그렇게 열심히 사는 이유가 목표 달성을 위해서, 미래를 준비하느라 그렇다면 리스크는 오히려 삶을 그냥 지나치는 것이 더 크다고. 삶의 끝에서 돌아보면서 '내 인생을 산 적이 없네.'라고 느끼는 게 더 큰 위험이 아니겠냐고. 그러니 삶을 최대치로 살아 보라고, 오늘을 살라고 권한다. 예컨대 휴식기에는 핸드폰을 아예 끄거나 숲에 들어가서 자연의 소리를 주의 깊게 듣는 연습을 하거나, 쓸모없어 보이는 것에서 나에게 필요한 쓸모를 찾아보라고 한다. 오델의 아무것도 하지 않는 법 중 하나는 탐조다. 도시에 사는 오델은 집 근처에서 발견하는 새들을 관찰한다. 무심히 바라보는 것이 아니라 새의 습성과 이동 경로 등을 세세하게 살핀다. 새를 살피는 동안 오델은 새만 생각하고, 새의 이모저모를 다정하게 살핀다. 새를 통해서 오델은 일상에 자기만을 위한 공간 하나를 마련했다. 오델은 오클랜드에서 500년간 버틴 거대한 참나무를 소개하는데, 그 대목이 와닿았다. 그 나무는 가파른 바위 언덕에 있는 데다 작고 보잘것없어서 벌목꾼에게 베이지 않고 수백 년간 건강하게 살아남았다. 잘나고 보기 좋은 나무는 이미 사라졌지만 못난이 나무는 불편한 환경 덕에 사람의 손길을 타지 않고 제 수명대로 살았다.

오델은 대안을 찾아 공동체로 가거나 지금 삶에서 떠나라고 권하지 않는다. 내가 몸담은 그 자리에서 아무것도 하지 않을 수 있는 자기만의 방식을 마련하라고 한다. 고독을 견디지 않고서는, 타인이 지닌 다양성을 이해하지 않고는 행복의 낙원을 찾을 수 없기 때문이다. 오델은 헨리 데이비드 소로의 삶도 예시로 드는데, 소로는 전쟁 자금에 쓰는 세금 징수를 거부하고 월든 숲에 들어갔다. 소로는 농장을 사지 않는 대신 빌렸고, 근사한 집을 짓는 대신 콩코드 마을에서 남쪽으로 2.5킬로미터 떨어진 월든 호숫가 근처에 몸을 누일 작은 움막을 지었다. 이곳에 오기 전에 소로가 소유한 공간은 배 한 척과 텐트 하나뿐이었다. 소로는 숲에 들어간 이유를 '나 자신이 의도한 대로 삶의 본질적인 사실만을 앞에 두고 살고 싶어서', '삶이 너무 소중하여 삶 아닌 삶을 살고 싶지 않고, 한순간이라도 깊이 삶의 정수를 고스란히 흡수하고 싶어서'라고 말한다. 그리고 개인적인 일을 하고 싶은 것도 이유였는데, 책을 쓰는 것이다. (『월든』은 소로의 일상을 기록한 일기이

자 농사 일지이며, 사상가이자 자유인으로서 느낀 성찰의 에세이다.)
하지만 소로가 월든 호수에 간 보다 근본적인 이유는 인생의 주
된 목적이 무엇이고 삶을 영위하는 데 진정으로 필요한 물품과
수단은 무엇인지를 깨닫는 것이다.

소로는 삶에서 무엇이 본질이고 진실이며, 어떤 것에 의미와
가치를 두어야 하는지에 대한 해답을 자연에서 찾으려고 했다.
자연을 사랑한 만큼 자연 속에서 자연인으로 살기를 택한 그는 자
연을 세밀하게 관찰하고 이 책에 꼼꼼히 기록했다. 소로는 월든
호숫가에서의 생활을 봄, 여름, 가을, 겨울, 그리고 다시 봄으로 이
어지는 계절로 구성해 자연의 아름다움과 위대함을 찬양했다. 길
가에 자란 풀 한 포기, 숲속 새 한 마리, 호수에서 헤엄치는 작은
물고기 한 마리까지 애정 어린 시선으로 바라보았다. 또 구름의
움직임과 호수의 물결 모양과 그 위를 덮은 안개의 옅고 짙음을
세심하게 관찰했다. 그럼으로써 꽃은 언제 피고 나뭇잎은 언제
물드는지, 호수의 얼음은 언제 얼고 녹으며 눈은 또 언제 내리는
지를 간파했다. 자유롭게 산다는 것은 무엇인가. 인생에서 중요
한 것이 무엇인지를 알고 자유롭게 살기 위해서는 '자발적 가난'
이라는 위치에서 인생의 본질적인 사실을 꿰뚫어 보아야 한다는
것이 소로의 생각이다. 소로에게 인생의 본질적인 사실은 인간의
손이 닿지 않는 허공에 있는 것도 아니고 추상적인 사고 안에 있
는 것도 아니다. 그것은 자연과 조화를 이룬 가운데 단순 소박하

고 자족적인 생활을 하는 데에 있다. 진정한 의미에서 자유로운 삶을 살기 위해서는 무엇보다 간소한 생활을 해야 하며, 자기가 옳다고 생각하는 삶을 자신의 의도대로 살아야 한다.

한두 달에 하루, 낮에 만나서 각자 들고 온 술을 마시며 각자 들고 온 책이나 쓴 글을 읽어 주는 모임을 2018년부터 하고 있다. 이름하여 '낮술 낭독회'. 6년째 이어진 모임의 초기 멤버는 미술 쪽 반, 출판 쪽 반이었는데, 지금은 주요 참여자가 인문 사회 문학 편집자들이다. 편집자들이 모이니 술 마시며 나누는 잡담의 절반 은 책 얘기지만, 내게는 이들이 나의 첫 번째 독자이자 비평가들 이다. 어딘가에 쓴 리뷰나 보여 주기 부끄러운 창작 글을 제일 먼 저 발표하는 자리이기 때문이다. 낮술 멤버들은 누군가가 글을 읽어 줄 때 경청하고 나서 각자가 느끼고 생각하는 걸 가감 없이, 다정하게 이야기해 준다. 그래서 서로에게 독자가 되고 비평가가 되고 팬이 되어 준다. 낮에 만나면 마시고 낭독하느라 대개 새벽 에 파하지만, 그래서 다음 날 파김치가 될지언정 밀도 높은 그 시 간이 쌓일수록 충성스러운 낮술 낭독 애호가가 된다. 봉수아 두 번째 짓기를 마친 어느 4월, 낮술 낭독회 친구들이 봉수아에 모였 다. 통영터미널에 모인 무리는 택시로 봉수아에 와 여장을 풀고, 봉숫골 근처 정원에서 갈치조림과 도다리쑥국을 먹고 몸과 마음 카페에서 차를 마시며 놀다, 낮에는 요트를 타고, 저녁에는 통영 국제음악제 공연을 감상하고, 밤에 다시 봉수아에 와서 새벽까지 낭독 모임을 가졌다. 우리는 조금 전에 실연으로 들은 마티아스 괴르네의 〈겨울 나그네〉전곡을 유튜브로 다시 찾아 듣고, 각자 '최애'로 꼽은 그룹의 케이팝 음악을 듣고, 희극 한 편을 돌아가며 읽으며 희희낙락 통영의 봄을 즐겼다. 다음 날 일행은 용화사를 걷고 동네를 어슬렁 산책하며 빵도 사 먹고, 숙취를 풀어 주는 백서 냉면을 먹었다. 산책 중 한 친구가 말한다. 아, 여기 살고 싶다. 다른 친구가 말한다. 아, 여기 책방에 취직하고 싶다. 우리는 와르르 웃으며 '출근'이라는 금기어를 쓰지 않기로 한다. 우리 모두는 삶의 리스크를 줄이고, 삶을 최대치로 즐기기 위해 애쓴다. 다음 날 멤버가 인스타그램에 올린 한마디. '봉수아는 완벽했다.' 호재가 한마디 보탠다. 요트 때문이야. 반박하지 못하겠다. 요트는 정말 특별한 경험이니까.

두 번째 짓기를 하고 오래전 선물로 받은 흔들의자를 발코니에 내려다 놓았다. 그곳에 앉으면 창문 너머로 무용이 삼형제가 보인다. 봉수아에 가면 틈틈이 흔들의자에 몸을 맡기고, 천천히 앞뒤로 흔들면서 무용이를 바라본다. 아침 해가 뜨고 지기 전까지 무용이가 자라는 뒷산에는 빛이 많고 종일 새들이 지저귀며 논다. 고양이들도 놀러 와서 물도 마시고 뒹굴며 놀다 사라진다. 얼마 전 봉수아에 내려가니 어느 분이 무용이 근처에 텃밭을 가꾸어 놓았다. 주인을 보지는 못했지만 싹이 트고 이파리가 큼직해지는 양을 보면 기분이 좋아진다. 발코니 의자에 앉아 풍경을

바라보면 별다르게 뭘 하지 않아도 하루가 흘러간다. 이런 시간들로 하루를, 한 달을, 1년을 보내면 내 삶이 정말 달라질 수 있겠다. 삶의 목적이 조직의 높은 직급에 오르거나, 최고의 학위를 얻거나, 많은 땅을 소유하는 쪽으로 기울지 않고, 그 선망 자체에서 자유로울 수 있는 방법을 모색하는 쪽으로 향한다면, 욕망이 추동하는 목적 달성을 위해 마일리지 쌓듯 충전하는 게 아니라 생애주기에서 내게 주어진 진정한 자유를 위해 쉼을 선택하는 방향으로 나아간다면 내 삶은 어떻게 달라질까. 불안과 소유욕이 많은 나는 소로의 자발적 가난을 따라 할 엄두가 나지 않지만, 소로 스승처럼 인생의 본질을 보고 싶고, 내가 의도한 대로 살고 싶고, 나의 삶을 사랑하고 싶다.

다음 짓기는 마음 짓기다.

귀를 기울이면

요가 수업을 할 때 선생님은 보라고 했다. 동작하는 내 손을 보고 다리를 보라고, 매트에 누워 내 몸의 여기저기를 보라고 했다. 어느 스님이 담배가 피우고 싶을 때 곧바로 피우지 말고 담배를 피우고 싶은 자신을 잠시 보라고 했다. 보라고 해서 해 보면 그게 또 보이는 게 신기하다. 그 보는 감각은 대체 어디에서 나오는 감각일까. 어떻게 해야 잘 보는 것일까. 그러면 호흡에 집중하라고 한다. 호흡하며 숫자를 세어도 된다고 한다. 요가 선생님이나 스님이 말하는 감각은 얼굴에 달린 눈이 아니라 몸의 눈으로 보라는 요청에 가깝다. 어떤 행위를 하기 전에 행위를 보면 그 사이에 틈이 생긴다. 감정이나 행위에 사로잡히기 전 스스로 제어하는 틈.

그런 감각이 특화되어 있다니, 그러고 보면 우리 몸은 대단히 정교한 유기체다. 하나의 감각에 집중하면 그것이 열리고, 다른 하나의 감각으로 관심을 옮기면 다른 것이 열리는 몸의 리듬도 신기하다. 앎에 집중한 내 관심이 감각을 여는 데로 옮겨 간 것도 몸의 의지일 수 있다. 어릴 때 방학 때마다 할머니 댁에 가서 실컷 놀았다. 눈 뜨면 들로 산으로 개울로 다니며 아무 생각 없이 배고플 때까지 놀았다. 자연의 온갖 생물과 무생물들이 놀이 소재가 되었다. 햇볕과 비와 개울의 소리, 냄새, 몸에 와닿는 모든 감각을 흡수하며 놀다가 까맣게 타서 집에 돌아갔다. 학년이 높아지면서 방학이 되어도 보충 수업을 하느라 시골에 가지 못하고, 자연과 어우러져 원시인처럼 놀던 그 시절은 추억이 되었다. 이후 자연과는 줄곧 멀어진 채 살았다.

자연 하니 루소와 생텍쥐베리가 떠오른다. 둘은 자연을 스승으로 여겼다. 동시대인은 아니지만 자연에서 독서와 명상을 하며 자신의 생각을 글로 전개시킨 점에서 두 작가는 공통점이 있다. 이들은 글쓰기를 통해서 '내면 아이'를 하나씩 창작했는데 루소에게는 에밀, 생텍쥐베리에게는 어린 왕자가 주인공이다. 루소는 『에밀』에서 고아인 에밀의 가정교사가 되어 아이를 데리고 시골로 내려간다. 그곳에서 에밀은 자연과 더불어 영양 좋은 음식을 먹으며 마음껏 논다. 루소의 교육법은 그냥 놔두는 것이다. 그냥 두면 아이는 부모에게 의존하지 않고 자기 스스로 사물을 체험한다. 아동기에 접어들면 욕망하는 것과 할 수 있는 것을 조화시키는 것에 힘을 쏟는다. 에밀의 본성과 성격을 관찰하며 싹이 움틀 때까지, 먼저 질문할 때까지 기다린다. 체험을 통해 얻는 것은 결코 잊히지 않기 때문에 에밀의 감각을 자유롭게 하여 마음껏 놀이에 빠지게 해 준다. 에밀은 몸으로 배운다. 도구를 만들어 사용하며 자연의 법칙과 자연 현상을 살펴본다. 새로운 사물이나 현상을 접할 때마다 말없이 그것을 관찰하며 스스로 생각하는 법을 키운다. 또 농부처럼 일하고 철학자처럼 생각하는 시야를 갖게 된다. 에밀의 시야는 넓어져서 이제는 주변과 이웃에 눈길을 돌린다. 행동하고 사색하는 습관을 통해 사는 법을 익히게 된다.

『어린 왕자』에서 생텍쥐페리는 아이의 눈으로 어른의 세상을 보면 얼마나 어처구니가 없는지를 알려 준다. 지구별로 오기 전 어린 왕자가 만난 다른 별들의 어른들은 권력에 도취되어 거드름만 피우는 왕, 허영심이 가득하여 다른 이에게 받을 생각만 하는 사람, 술을 마시는 게 부끄러워서 술만 마시는 술꾼, 돈에 미쳐서 돈만 세는 데 시간을 보내는 장사꾼, 누군가의 명령에만 복종하여 하릴없이 전등을 켰다가 끄는 일을 반복하는 가로등 켜는 사람, 지식에 몰두하여 책에만 몰두하지 정작 탐험을 하거나 자연을 직접 경험하지 못한 지리학자와 같이 한심하기 짝이 없다. 어린 왕자는 지구로 간다. 하지만 지구에는 이런 어른이 더 많을 따름이다. 어린 왕자가 지구에서 친구가 된 것은 인간이 아니라 동물들이고, 여우를 통해 사랑을 배운다. 어린 왕자의 친구가 된 유일한 어른은 추락한 비행기에 머물고 있는 생텍쥐베리 아저씨다.

루소는 에밀에게 삶의 지혜를 가르쳐 주고, 생텍쥐베리는 어린 왕자에게 배운다. 자연 속에서 에밀을 성장시킨 루소, 전쟁과 삶의 고통 속에서 어린 왕자와 대화를 나눈 생텍쥐베리. 어른 루소는 아이 루소를 '에밀'이라고 불렀고 어른 생텍쥐베리는 아이 생텍쥐베리를 어린 왕자라고 불렀다. 그들은 대화한다. 인간이란 무엇일까, 사랑은 무엇일까, 희망은 무엇일까. 책 속에서와 달리 현실의 루소와 생텍쥐베리는 불행했다. 루소는 하숙집에서 일하는 여인과 다섯 아이를 낳았지만 모두 고아원에 보낸다. 말년에 쓴 에세이에서 밝히듯이, 아이를 망칠 어머니로부터 도피시키려고, 불행을 피할 수 없을 것 같은 두려움 때문에 그런 선택을 했다고 한다. 어찌 보면 납득이 되지 않는 변명처럼 들리기도 한다. 1차 세계 대전 중 전투기 조종사로 참전한 생텍쥐베리는 사는 동안 어머니에게 수백 통의 편지를 쓰는데 비행 중 바라본 대자연의 아름다움을 묘사하기도 하지만, 자신이 겪거나 본 처참한 전쟁 상황에 대해 어떻게 묘사해야 할지 모르겠다는 고통을 털어놓기도 한다. 루소와 생텍쥐베리는 도시에서 희망을 발견하지 못했다. 도시에는 인생이 없고(생텍쥐베리), 치유의 힘은 물질적 풍요로움에 있는 것이 아니라 삶의 속도와 질의 문제이기 때문이다(루소).

루소에게 에밀이, 생텍쥐베리에게 어린 왕자가 희망이라면 내게는 봉수아가 그런 역할을 해 준 게 아닐까. 귀 기울이는 것은 보는 것에 가까운 것 같다. 어느 바람 부는 날 마리나리조트 해안가를 걸었는데 귓전으로 바람 소리, 파도 소리가 서라운드입체음향으로 들이닥쳤다. 머릿속이 시끄럽고 답답해서 나선 산책이었는데 그 소리에 집중하니 잡념이 줄었다. 생각의 상에 집착하지 않는 데 귀 기울이는 게 도움이 된다는 걸 깨닫고 지금은 일상에서도 이 방법을 종종 쓴다. 예를 들어 부정적인 생각이나 우울감이 들 때 주변 소리나 특정 감각에 집중해 본다거나, 나는 지금 우울감이 드는구나, 나는 지금 화가 나는구나를 스스로 알도록 그 문장을 보려고 애쓴다. 나도 루소처럼 내 안의 에밀에게 가르쳐 주고, 생텍쥐베리처럼 내 안의 어린 왕자와 대화하는 것과 같다. 유년기로 돌아가 다시 처음부터 사는 법을 배우는 것처럼.

코로나로 재택하던 시기, 점심시간과 퇴근시간 후 숨겨 놓은 곶감을 하나씩 빼 먹듯 넷플릭스에 올라온 미야자키 하야오의 애니메이션을 한 편씩 봤다. 하야오의 애니메이션은 특히 숲과 마을과 같은 자연, 귀여운 동물들이 나른하게 오가는 골목 풍경이 좋다. 어딘가에 있을 것 같은, 상상 속이지만 익숙한 영상 속 풍경들을 볼 때마다 마음이 몽글몽글해지고 머리가 맑아진다. 하야오의 영화 〈귀를 기울이면〉에는 책 읽기를 좋아하는 시즈쿠가 등장하는데 그의 꿈은 작가다. 어느 날 시즈쿠가 이상한 고양이를 따라서 골목을 헤매다 골동품 가게에 들어가게 되고, 그곳에서 바이올린을 만드는 시로 할아버지를 만나 둘은 친구가 된다. 시즈쿠는 할아버지의 손자인 세이지와도 친해지는데 세이지 역시 할아버지를 따라 바이올린 제작 장인이 되고 싶어 한다. 시즈쿠는 작가의 꿈을 이루고 싶어서 몇 날 며칠간 글을 쓰고, 떨리는 마음으로 시로 할아버지를 찾아가는데 시즈쿠의 글에는 할아버지가 이루지 못한 사랑 이야기가 적혀 있다. 이 영화에서 특히 좋아하는 부분은 세이지가 시즈쿠에게 자기가 만든 바이올린을 보여 주던 와중에 갑자기 들이닥친 시로 할아버지와 동료들과 함께 즉흥 연주를 하는 대목이다. 세이지는 바이올린을 켜고, 시로 할아버지와 동료들은 악기를 하나씩 연주하고, 시즈쿠는 그 반주에 맞추어 눈이 동그래져서 〈Take me Home, Country Road〉를 부르는데 그 모습이 정말 사랑스럽다. 유학을 앞둔 세이지는 시즈쿠를 찾아와 각자 꿈을 이루기 위해 열심히 공부하자 말하고는 청혼을 한다. 그런데 청혼이라니. 시즈쿠는 무려 중학생인데. 사랑은 이렇게 서로의 꿈과 이야기에 귀 기울이는 행위가 아닐까. 귀를 기울이면 누구에게나 들려줄 이야기 하나쯤은 간직하고 있다. 동물이든 인간이든.

오래된 가요 중에서 유독 가사가 좋다고 생각한 노래가 있는데 조용필의 〈바람의 노래〉다. '살면서 듣게 될까 언젠가는 바람의 노래를. 세월 가면 그때는 알게 될까 꽃이 지는 이유를 (⋯) 나의 작은 지혜로는 알 수가 없네. 내가 아는 건 살아가는 방법뿐이야. 보다 많은 실패와 고뇌의 시간이 비켜 갈 수 없다는 걸 우린 깨달았네. 이제 그 해답이 사랑이라면 나는 이 세상 모든 것들을 사랑하겠네.' 라디오에서 흘러나오는 이 노래를 처음 들었을 때 가사가 귀에 들어오며 찡한 울림을 줬다. 조용필의 노래는 정말 멋지지만 특히 이 노랫말은 두고두고 가르침이 된다. 바람의 노래를 들을 수 있는 연륜도 경험도 없는 나이지만 이 노래를 들으면 살아가고 싶은 마음이 생긴다. 삶을 사랑하고 나 자신을 사랑하고 주변 사람을 사랑하면서. 그래서 요즘 나의 일과에는 듣는 시간이 추가되었다. 나의 일상 바깥에서 일어나는 세상 이야기를 듣고, 나의 주변 사람들이 들려주는 이야기를 듣고, 나의 가족이 조잘거리는 일상 이야기를 듣고, 나의 몸과 마음에서 일어나는 변화를 내 안의 눈으로 보고 듣는 시간이 중요해졌다.

귀 기울이면 내 안의 아이와 만날까. 바람의 노래를 들을 수 있을까.

서원

지난가을, 전영애 선생님을 뵈러 여주 '여백서원如白書院(맑은 사람들을 위한 책집)'에 다녀왔다. 선친이 남긴 땅에 수십 년에 걸쳐 서원을 짓고, 도심에 방치된 나무를 데려와 정성껏 가꾸어 '나무 유치원'을 만들어 모든 이에게 개방한 이 공간은 정말이지 경이롭다. 정문 옆에는 아이들을 위한 도서관이 지어져 있고, 맞은편에는 오래 머물 손님에게 내어 줄 별채를 지어 놓았다. 산에서 데려온 어린 수선화를 별채 앞 연못 주변에 심었는데 봄이 되면 꽃이 필 것 같다며 선생님은 함박웃음을 짓는다. 전통 한옥으로 지은 본관 여백제와 부속 건물들(시정, 우정, 애정) 그리고 너른 정원이 여백서원을 이루고 있다. 니은 자 모양으로 생긴 여백제에 들어

가면 손님을 맞이할 때 쓰는 안방과 널따란 거실이 눈에 들어오고, 거실을 가르는 긴 나무 책상을 중심으로 지난 40여 년간 독문학자로서 살아온 선생이 연구하고 옮기고 쓴 책들과 원서, 추억이 깃든 사진과 소품 들이 정겹게 자리를 채우고 있다. 천정 대들보에 쓰인 '맑은 사람들을 위하여, 시를 위하여, 후학을 위하여'라는 문구가 이곳의 열린 성격을 알게 해 준다. 통창으로 정원이 한눈에 들어오고 그 뒤로 아름다운 숲이 놓여 사계절을 느낄 수 있다. 거실을 한 바퀴 돌아 맞은편으로 도서관을 연상시키는 수천 권의 책들이 꽂힌 서가와 만난다. 서가 왼편, 한 평 남짓 될까. 전영애 선생님의 집필 책상과 개인 공간이 있다. 스스로를 농부, 머슴, 박수 부대라 칭하는 선생은 이 너른 곳에 자신을 위해서는 책상 하나, 몸 누일 공간만 쓴다.

지난해 독일에서 한국인 최초로 라이너 쿤체 상을 받은 선생님은 시인이다. '정원에서는 삼인분 노비처럼, 책상 앞에서는 수험생처럼 시간을 부지런히 경작하는' 번역가(괴테, 카프카, 헤세 등), 연구자. 그리고 내게는 인생 멘토다. 매주 열리는 강독 모임, 1년에 두 번 열리는 서원의 행사, 시시때때로 찾아오는 단체 손님 맞이, 1만 제곱미터에 달하는 뜰의 나무들을 돌보는 일 모두가 선생님 몫이다. 그렇게 바쁜데도 선생은 서원 뒤편에 땅을 사서 괴테 마을을 짓고 있다. 일행과 함께 라이너 쿤체의 시가 돌에 적힌 서원 후원부터 괴테 마을 터까지 두루 살폈는데, 포크레인으로 땅을 다지는 작업이 한창이었다.

　올해 봄 어느 비 오는 날, 서원을 다시 찾았을 때 연못가 주변에 수선화 몇 송이가 피어 있었다. 비를 맞고 수선화들이 전부 개화하면 연못가에는 하얀 꽃잔치가 벌어질 것 같다. 여백서원 정원에는 나무가 많은데 이곳에 들른 이들이 하나씩 찜을 해서 하나같이 주인이 있다고 한다. 봄에 오니 싱그러운 기운이 눈과 코를 즐겁게 해 준다. 꽃과 풀과 나무들이 푸름푸름 노래를 부르는 것 같다. 놀라운 건 작년에 본 괴테 마을 터다. 두 계절이 지나 다시 오니 근사한 괴테 하우스 한 채가 지어져 있으니 말이다. 업자들이 공사를 차일피일 미루다 건물 틀만 만들어 놓고 철수해 버렸는데, 그러고 난 뒤 고마운 후원자가 나타나 내부 공사가 재개되어 지난 6월 도서관이자 박물관이 될 '젊은 괴테의 집'이 완공되었다. 어려움이 생길 때마다 마법처럼 사람들이 나타나 도움을 준다고, 믿기 힘들 만큼 감사함의 연속이라고, 지금은 6인분 노비로 승진했다고 선생님은 아이같이 웃는다. 공사가 한창인 내부 2층 테라스로 나가 비바람에 흔들리는 나무들을 보며, 가까운 미래 이 자리에 서 있을 어느 예술가를 상상한다. 어떤 시詩가 태어날까.

　전영애 선생님은 자기 자신만이 아니라 누군가를 위해 긴 세월 자신의 열정과 노동을 아낌없이 바치며 괴테 마을을 짓고 있다. 여백의 서원誓願이 서원書院에 와서 머물며 자연을 느끼고 시

를 짓고 책을 읽으며 예술을 아낌없이 누리라는 것이다. 아무나 할 수 없는 이타심이다. 이게 가능할까. "살아 보니까 바르게 살아도 괜찮아요. 손해 보지 않아요."라고 하신다. 선생님에게 늘 감탄하는 것이 겸손이다. 사람이든 자연이든 다정하게 말을 걸고, 작은 것에도 감사함을 표현하고, 농부처럼, 정원사처럼 손 닿는 것에 정성을 담는다. 풀이나 꽃나무, 주변 생명과 대화 나누고 어린아이, 제자 할 것 없이 친구처럼 대하는 이 열린 마음은 어디에서 나온 것일까. 선생님 주변에는 늘 사람이 많다. 도시에 사는 누군가는 조용히 와서 청소를 하고 나무를 심고, 외국에 사는 누군가는 조심히 와서 강독을 듣고 배움을 얻어 간다. 여백서원을 우연히 알게 된 누군가는 괴테 마을 짓는 일에 손을 보탠다. 그렇게 선생님이 하는 일에 누군가가 함께 어울리고 함께 돕는다. 선생님의 여백서원이 방송에 나온 이후(KBS1 〈다큐 인사이트〉 '인생 정원-일흔둘, 여백의 뜰') 이곳엔 손님이 더 늘었다. 유튜브에서는 괴테 할머니로 통하는 선생님의 삶과 여백서원은 그 자체로 아름다운 그림책 같다.

얼마 전 '어른 김장하'라는 제목의 다큐멘터리를 봤다. 영남일보를 평생 다니다 은퇴한 김주완 기자가 진주에서 평생 한약방을 운영하며 소리 소문 없이 너무나 많은 이들에게 기부를 한 그분을 취재했다. 한약방에서 번 돈으로 학교를 세우고는 그 학교를 나라에 기부하고, 1천 명이 넘는 진주 지역 학생들이 돈 걱정 없

이 공부할 수 있도록 등록금과 생활비를 대 주고, 문화예술, 환경, 노동, 농민, 여성 등 시민 사회 분야는 물론 언론과 서점 등에도 기부를 해 온 어르신. 형평운동의 정신을 잇는 데 노력한 그분은 평생 자기를 드러내지 않았고, 본인이 해 온 일들을 바깥에 알리지도 않았다. 정작 자신은 속 깃이 다 낡은 양복 한 벌 입은 단벌 신사에 차도 없이 걸어 다닌다. 기자가 어르신에게 왜 그렇게 남을 도우며 살았느냐 묻자 아픈 사람에게 받은 돈이라 허투루 쓸 수가 없었다고 한다. 김장하 어른은 2021년 남성문화재단을 해산한 뒤 남은 재산 34억 원을 경상국립대에 기증했다. 그리고 1963년부터 60년간 운영해 온 남성당한약방 문을 닫았다. 다큐멘터리 말

미에는 한약방이 문을 닫는 순간을 담았는데, 어르신의 도움을 받은 이들이 찾아와서 감사 인사를 드렸다. '돈이라는 게 똥하고 똑같아서 모아 놓으면 악취가 진동하는데 밭에 골고루 뿌리면 좋은 거름이 된다.' 하는 김장하 어르신. 남을 도우며 올곧게 살기 위해 그 자신은 얼마나 수행자 같은 하루하루를 보냈을까.

멋진 어른들이 곁에 계셔서 얼마나 다행인지. 그분들의 공통점은 그 자신은 소박하게, 남을 위해서는 아낌없이 베푼다는 것이다. 자신을 드러내지 않고 진심으로 남을 위해 마음을 쓴다. 어른인 체하지 않고 친구처럼, 부모처럼 다정하게 대한다. 그렇게 살기 위해 그 자신은 남보다 더 절제하고 인내하고 고독하게 살아야 했을 텐데, 그 힘겨운 삶을 이겨 온 어른이 존경스럽다.

삼십 대 대부분을 일과 공부로 채웠다. 공부를 열심히 하면 사는 법을 배울 줄 알았는데 아니었다. 공부를 열심히 하면 학위가 생기고 지식이 늘지만 사는 법은 글쎄. 비싼 돈 주고 배운 지식이건만 시간이 지나면 기억도 나지 않는다. 일을 열심히 하면 수입이 늘고 경력이 쌓이지만 열심히 일한 그만큼 우울하다. 칭찬받고 싶고 인정받고 싶어서 무리하면 무리한 만큼 내 안에 여진이 남는다. 나의 몸, 나의 손을 일하고 공부하는 데만 쓰면 노는 법, 쉬는 법, 자는 법을 잃어버린다. 결국 사십 대 많은 나날을 실패로 보냈다. 그런데 나는 실패를 제대로 인정한 적이 없다. 실패를 피하려고 도망치는 경우가 더 많았다. 내 맘대로 되는 게 거의 없지만 특히 나는 내 맘대로 안 된다. 내가 나라고 생각하는 나는 언제나 그 이상이었다. 내가 타인을 진심으로 대하려면 먼저 나 자신을 진심으로 대해야 할 것 같다. 삶의 중반을 지나가는 길목에서 따르고 싶은 어른을 만나면 진짜 공부가 된다. 티끌만큼도 이분들의 삶을 따르기 어렵지만, 내 삶을 돌아본다. 나의 서원(봉수아)에서 나는 어떻게 보내야 할까, 나의 서원을 누군가에게 내어줄까, 그리고 나의 서원誓願은 무엇일까.

'숨 한 번 돌리고, 뒤돌아보고, 나의 하루를 살자.'

이 책은 우연히 통영에 내려간 앨리스가 '무용이'라는 나무에게 반해 뜬금없이 45년 된 아파트를 사서 '봉숫골'이라는 동네 이름 앞 자에 '나 아我'를 딴 '봉수아烽燧我'라는 이름을 짓고, 5년간 통영을 오가며 보고 듣고 느낀 이야기를 모아 놓은 여행 에세이다. 삼십 대 대부분 일하고 지식을 채우는 데 급급하다 사십 대가 되자 몰아치는 번아웃 앞에 녹다운되어 실패를 거듭하고, 부랴부랴 사는 법을 배워 가는 실패의 기록이다.

1부 '봉수아, 통영'은 통영의 자연과 지방색 나는 공간들을 다니며 자신을 돌아보며 삶을 배우는 이야기로 채워져 있고, 2부 '봉수아, 봉수아'는 내가 이토록 통영만을 자주 오간 찐이유를 적었다. 처음 생긴 나만의 공간 봉수아를 사서 고쳐 가는 과정, 삶의 공간을 옮겨 다니며 머리로만 살던 생활 바보가 몸과 마음의 조화를 이루는 법을 배워 나가는 에피소드가 적혀 있다. 이 책은 여행 에세이를 표방하지만 나라는 생활 바보가 채워 나간 실패의 기록이다. 자존감을 잃어버린 내면 아이가 자신의 '잃어버린 시간'을 찾아가는 과정의 기록이다. 이 책은 나처럼 조금 늦게 '사는 법'을 배우고 싶어 하는 이들에게 건네는 편지 같은 글이다.

　돌아보니 봉수아를 오간 이 여행은 불안정한 나 자신을 인정하는 시간이었다. 사는 법을 잃어버린 나의 손이 먹고 자고 느끼고 보는 방법을 배우는 시간이었다. 늘 긴장하고 불안하고 편치 않게 서 있는 나의 발이 익숙지 않은 곳에서도 걷는 법을 익히는 시간이었다. 바다에서 바다를 보지 않고 산에서 산을 보지 않는 나의 눈이 머릿속 상념에서 놓여나 앞에 놓인 것을 무심히 바라보는 방법을 배우는 여정이었다. 모든 것에 호기심을 갖고 이것저것 질문하는 호재의 넘치는 에너지를 여행 동무로서 이해해 가는 고행(?)이었다. 삶에서 만난 이들이 지쳐 보일 때 통영에 내려가서 좀 쉬라고 말 건네며 봉수아를 내어주는 오지랖이었다. 그러다 보니 이제는 제2의 고향이 되어 버린 통영이라는 선물을 받은 감사의 인사다.

　애초 이 책을 쓸 때와 지금 달라진 게 있다. 우울감이 올 때 이건 지금 온 한 번의 우울이라고 여기고, 무기력함을 느낄 때 이것도 지금 온 한 번의 무기력이라고 여긴다. 한 번의 우울은 모든 우울이 아니고 한 번의 무기력은 모든 무기력이 아니다. 그건 엄연히 다르다. 무게도 다르고 깊이도 다르다. 오늘의 우울, 오늘의 무기력이니 반갑지 않은 그 손님을 어떻게 설득해서 내 집에서 내보

낼지 궁리하면 된다. 일기장을 꺼내 나의 감정을 솔직하게 적는다. 과거의 안 좋은 기억 속에는 현재의 좋은 기억을 만들 틈이 있음을 배운다. 현재의 시간을 있는 그대로 바라보는 것에서 보다 명료한 미래의 습관을 만들어 낼 방법이 있음을 바란다.

그러기 위해 지금 나는 숨을 깊이 들이마시고 천천히 내쉬기를 반복한다. 점심시간에 짬을 내서 한강을 걷는다. 가족과 맛있는 것을 만들어 먹으려 하고, 잠을 잘 자려고 애쓴다. 내 주변의 소중한 벗들과 즐거운 추억을 만든다. 누군가의 가시 돋친 말에 동요되지 않으려고 애쓴다. 주변에서 일어나는 사건 사고가 나와 무관하지 않기에 관심과 애정을 가지려고 귀를 쫑긋한다. 우울과 무기력에 사로잡히지 않을 삶의 사소한 것들을 몸으로 익힌다. 전에는 우울이 오면 이전의 우울, 지금의 우울, 앞으로 올 우울을 걱정하느라 아무것도 하지 못했다. 자책과 무기력과 불안에 사로잡혀 그것을 일시적으로 피하게 해 줄 자극적인 것을 찾아 바깥을 배회했다. 지금은 이런 감정이 올 때 내가 잠시 쉬어야 할 때임을, 붙들고 있는 것을 내려놓고 멈춰야 할 때임을 받아들인다. 잠시 쉬어도 된다. 내려놓아도 된다.

지금은 인간이 자연의 일부임을 느낀다. 동물과 인간이 동등한 생명임을 느낀다. 타인을 이해하고 아끼려면 나 자신을 이해하고 아껴야 함을 느낀다. 이해할 수 없는 타인의 어떠한 면을 이해하기 위해서는 섣부른 판단을 내리지 않아야 함을 느낀다. 그러기 위해서는 나 자신에 대해서도 단정하지 않아야 함을 느낀다. 나와 타인은 나와 동물처럼 무관한 관계가 아님을 이해한다. 사는 대로 생각하지 않으려면 생각하는 대로 살아가는 연습을 해야 함을 느낀다. 숙제하듯 사는 게 아니라 내게 주어진 스케치북에 그림 그리듯 살아가야 함을 느낀다. 느낌은 앎으로 이어지고, 앎은 보는 것으로 이어져야 한다고 생각한다. 느낌이 느낌의 차원대로, 앎이 앎의 차원대로 이어져도 좋지만, 그것이 종합이 되어 '보는' 단계로 이어져야 습관이 될 것 같다. 이러한 느낌들을 앎의 차원으로 가져와 삶의 습관들로 채워 넣고 싶다. 나에게 좋은 영향을 주는 습관들로 나를 채워 나가고 싶다. 하고 싶은 것이 있거나, 좋은 경험을 하거나, 바라는 것이 있을 때 곳간에 저장하듯 마음속으로 되뇐다. 불안하고 힘들 때 하나씩 꺼내자. 시간이 주어질 때 하나씩 떠올리자. 아무것도 하지 않는 법을 배우고, 아무것도 하지 못할 때 나의 손의 이야기에 귀를 기울이자.

안규철 작가의 '내 이야기로 그린 그림' 두 번째 에세이 『사물의 뒷모습』을 좋아한다. 조각가, 예술가라는 장르를 넘어 사물과 형상, 나아가 삶의 태도와 사유를 소박하고 순수하게 표현한 안규철 작가의 글 모음집. 처음 봉수아 이야기를 쓸 때 머릿속에 떠오르는 그림은 이 책이 모티프였는데, 쓰다 보니 내 삶에는 읽기와 편집하기가 중심이었고, 쓰거나 창작하는 행위는 여전히 선망의 단계임을 자각하게 되었다. 그러면 나는 뭘 써야 할까. 고민하다 읽은 것들에 대한 리뷰를 추가했다. 크리스티앙 보뱅의 에세이도 좋아하는데 통영에 내려갈 때 『그리움의 정원에서』를 종종 읽었다. 보뱅의 글에는 삶과 예술이 조화를 이루는 모든 순간이 녹아 있는데, 문장들이 아름다워서 속이 추울 때 덥혀 주는 듯했다. 봉수아에 앉아 무용이를 바라보면 바라보는 와중에도 어떤 그리움이 떠오른다. 이게 무얼까 생각해 보니, 언젠가 하염없이 무언가를 써 내려가도 좋을 것 같다는 생각과 함께, 나에게 주어진 시적인 시간이 아닐까 한다.

나의 오래된 친구들이 자신들이 오래전 서원으로 삼던 것을 용기 내어 시도하는 것을 본다. 누군가는 명상 속으로, 누군가는 창작 속으로, 누군가는 사람들 속으로 들어가서 각자의 손을 만나고 있다. 그 나이에 가능할까, 너무 무모한 것 아닐까 등 관습 안에서 주어질 법한 여러 가지 염려에도 홀로 서기하는 모습을 본다. 그들의 용기를 보며, 자신을 다독이며 살아온 만큼 주어진 결정이니 지금이 그것을 해야 할 바로 그때임을 느끼면서, 잘해 내길 바라며 응원하게 된다. 각자에게 주어진 '시적인 시간'은 시작과 마무리도 스스로 정하는 게 맞을 것 같다. 나 역시 봉수아에 대한 이야기를 적어 나가게 된 처음과 같이 끝을 맺는 때가 있다는 것에 감사하며, 이 글이 친구들처럼 내게 주어진 '시적인 시간'이라고 생각하며 다독인다. 하나의 에피소드를 적어 나갈 때 그와 연관성 있는 이전 기억이 저절로 떠올랐다. 그럴 때 망설임 없이 적었다.

프루스트의『잃어버린 시간을 찾아서』2권 마지막 장면은 스완이 불로뉴 숲으로 산책을 가서 나무들을 둘러본 다음, 모든 것이 변화한 거리와 사람들을 바라보는 장면이다. 스완은 이렇게 말한다. "어떤 이미지에 대한 추억은 어느 한순간에 대한 그리움일 뿐이다. 아! 집도 길도 거리도 세월처럼 덧없다." 부끄러운 기억, 슬픈 기억이 떠오르는 것도 어느 한순간에 대한 그리움일 수 있으니 내 이야기의 일부고, 모였다 흩어질 덧없는 기억일 따름이다.

직장 생활을 재개하면서 일요일 저녁이 되면 다음 날 출근할 생각에 심장이 빨리 뛰고 불안해졌다. 이 우울함을 다독일 처방전으로 프루스트『잃어버린 시간을 찾아서』낭독 모임을 하게 되었다. 매주 일요일 저녁 8시에 '읽어버린 모임'의 멤버들이 줌에서 만나 1권부터 돌아가면서 두 쪽씩 책을 읽어 나간다. 누군가 읽어 주는 책의 내용과 목소리에 집중하다 내 차례가 되면 내 목소리로 책을 읽는 이 시간이 꽤 효과가 있다. 지난 5년간 일 때문에, 혹은 내 의지로 오래전 읽은 책을 다시금 깊이 읽게 되었는데, 다시 읽기를 통해 당시 내가 놓친 것들이나 새로운 의미를 발견했다. 어린 시절 읽은 고전을 나이 든 지금 다시 읽으면 당시 희미하게 와닿던 감수성에 그 고전이 지금 나와 '무슨 상관이 있는지'가 더해지며 새로이 현재화한다. 카뮈가 그러했고, 프루스트가 그러했고, 최근엔 카프카가 그러했다. 심지어 몽테뉴마저 오래전 사람임에도 지금 내게 현실적인 깨침을 전달해 준다. 그러면서 내가 이 작가를 왜 좋아했는지, 작품을 읽고 무엇이 생생하게 내게 영향을 미쳤는지 정리하게 된다. 그 느낌을 가져와 독자들에게 가이드해 주려고 애쓰게 된다. 그러고 보니 봉수아를 오간 시간은 고전을 다시 읽은 시간이기도 하다.

지난 5년간 가장 많이 한 말 중 하나가 '다행이다'였다. 나에게 가족에게 주변 지인들에게 이 말을 참 많이 했다. 코로나인 줄 알았는데 검사해 보니 아니라 다행이다. 코로나에 걸렸다가 나아졌으니 다행이다. 코로나 때문에 일이 줄었는데 나아져서 다행이다. 격리가 해제되어 우리가 얼굴을 보니 다행이다. 여행을 가게 되어서 다행이다. 매번 찾아오는 위기 속에서도 다행이다가 찾아오니 얼마나 다행인지. 당연히 누리는 줄 알았던 자연이 이제는 '아직은 다행'이 되어 버린 세상에서, 통영의 자연을 경험하고 나에 대해, 생활에 대해 돌아보게 된 건 행운이다. 호재와 통영에 갈 때마다 주고받은 말도 봉수아가 있어서 다행이다, 이 말이다. 세상과 격리된 시기에도 우리는 봉수아 덕분에 조심조심 다행스럽게도 통영의 자연과 함께했다.

무엇도 쓰거나 읽을 수 없을 때, 독일 사는 친구 B가 문자로 시 한 편을 보내왔다. 이런 말도 남겼다. 언니도 글 보내 줘요. 내 글을 보내 달라고? 답장으로 보낼 글을 핸드폰 메모에 써서 친구에게 보냈고, 답장이 왔다. 언니 글 좋아요, 계속 읽고 싶어요. 그 말이 힘이 되어서 글을 계속 이어 나갔고, 친구도 답장으로 글을 보내 주었다. 나는 친구 글을 읽어서 다행이었고, 친구는 내 글을 읽어서 다행이었다. 친구와 나는 시차가 다른 공간에서 서로의 글로 위안받으며 각자의 위기를 넘겼고, 생활을 이어 갔다. 생각해 보면 놀라운 것이 일곱 시간의 시차로 보면 내 시간에서 친구는 과거이고, 친구의 시간에서 나는 미래다.

얼마 전 친구는 바게트 만드는 레시피를 정성스럽게 적고 그려서 보내왔다. 중력분을 물에 개서 반죽하고 발효시키는 데 합쳐서 52시간은 걸리는데, 손으로 반죽을 할 때 기분이 좋고, 발효되는 시간 동안 반죽 안에 우울이 봉인된 기분이 든다고 덧붙였다. 친구는 이제 우울할 때 빵을 만들거나 뛴다. 친구가 보내 준 레시피로 바게트를 만들어 보니 음, 아주 튼실한 야구 방망이가 완성되었다! 반죽하는 과정은 친구 말대로 매력적이다. 나도 친구 따라 반죽 안에 우울을 봉인하고 건강한 삶을 만들어야지. 조만간 다시 빵 만들기를 해 보려 한다. 이 책을 쓰는 내내 독일에 사는 친구가 러닝메이트가 되어 함께 뛰어 주었다. 다행이고 감사하다.

이 책을 쓰기까지 은휘와 호재의 도움이 컸다. 호불호가 분명한 둘 다 각자의 삶을 나름 잘 살아가고 있기에, 그것을 지켜보는 것만으로도 내겐 다행이다. 호재는 내가 이 글을 쓰는 내내 다정하고 천진난만한 여행 친구가 되어 주었다. 특히 그의 타고난 성실과 지치지 않는 모험심은 볼수록 신기하다. 늘 낙천적이고 배우고 싶어 하는 아빠, 자식들에게 뭐든 주고 싶어 하는 엄마, 소소한 일상부터 부모님 걱정까지 함께 의논하고 응원하고 수다 떨 수 있는 형제가 있어서 다행이다. 늦은 나이에도 꿈을 잃지 않고 자기 자신을 사랑하며 살아가는 20년지기 친구들의 친구여서 다행이다. 무조건 지지해 주고 응원해 주는 지기가 있다는 건 행복한 일이다. 낮술을 함께 마시며 책 이야기를 하고, 같은 책을 돌아가며 읽으며 서로의 목소리로 온기를 확인하고, 미술관에 함께 갈 수 있는 동료가 있어서 참 다행이다. 내가 하는 일이 누구에게도 누가 되지 않고, 세상에 건강한 메시지를 전하는 책의 첫 독자로 일해서 다행이다. 모쪼록 누군가에게 나도 다행이고 힘을 주는 사람이 되기를 바랄 뿐이다.

봉수아에 대해 쓰고 싶은 마음이 들었을 때 책나물이 떠오른 것도 다행이었다. '가장 사적인 여행' 시리즈 경북 울진 편을 흥미롭게 읽었고, 나도 통영에 대해 가장 사적으로 소개하고 싶다는 마음에 화영 대표에게 톡으로 슬쩍 말을 건넸을 때, 출판하자는 답변을 들은 것이 얼마나 다행인지! 책나물이 지향하는 출판의 방향과 화영 대표의 건강한 열정과 그렇게 해서 나온 책 결실들이 너무나 멋져서, 그 대열에 합류하게 된 것은 다행을 넘어 행복이다. 마지막으로, 낮과 밤 내려갈 때마다 다채로운 풍경과 맛있는 먹거리를 선물해 준 통영에게, 봉수아라는 멋진 공간을 택하게 해 준 무용이에게 감사하다. 그리고 이 글을 읽어 준 독자님께 감사함을 전한다. 독자님, 나의 손이 내게 말하듯이 이 말을 전합니다.

"당신의 손이 무언가를 증명하거나

당신의 손이 무언가를 많이 가지지 않아도

그 자체로 소중하고 생명력 있어요.

가능성으로 가득 차 있어요.

당신의 손은 그 자체로 소중해요."

가장 사적인
통영 사진첩

아파트에서 내려다본 이 장면이 오래 남을 것 같다. 자아, 이제!!

2019년 3월 29일

낮과 밤, 통영 바다를 걸으며 바다와 뱃사람에 관한, 신념과 마음에 관한 이야기를 들었다. 내게도 미처 쓰지 못한 마음이 있다.

아무것도 하고 싶지 않을 때 모든 것이 있는 곳으로 간다. 의자 두 개 싣고. 나의 처방전은 언제나 바다. 그리고 제발트. 바다를 보는데 누군가 그리우면 그 자리에서 손을 흔들면 된다.

다시 자라나자~ 내 손!

뜨개질의 장점. 긴장이 풀린다. 뭐가 하나씩 생긴다. 창문을 열면 확 들어오는 여름의
모든 소리가 좋다.

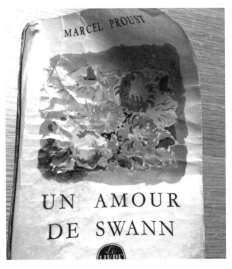

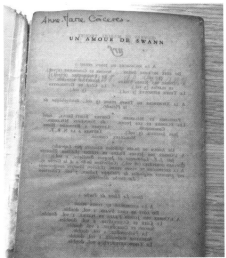

한국으로 돌아오는 날 아침, 44번가 숙소 앞에 이 책이 떨어져 있었다. 비에 푹 젖은 채. 누군가의 이니셜이 적힌 이 책을 조심스레 감싸서, 나의 '잃어버린 시간을 찾아서'.

덥고 비 퍼붓는 날, 흡연실에 들어온 남자가 직장 상사인 듯한 수화기 너머 상대에게 말한다. 제가 괜찮은 줄 알았는데 공황장애라고 합니다. 괜찮은 줄 알았는데……. 흔들리는 눈동자. 땀에 전 파란 양복의 남자에게 말해 주고 싶었다. 쉬러 가요. 하늘도 보고 바다도 보러 가요.

엄마와 미술관에 온 아이가 바닥에 쓰러졌다. 숨이 멈춘 채. 오열하는 엄마 옆으로 누
군가 다가와, 침착하고 신속하게 아이의 숨을 돌려놓는다. 그림을 보러 온 의사. 아이
가 깨어나 운다. 다행이다. 하늘이 유독 맑다. 다행이다.

가까이 들여다보면 치열하고, 멀리서 보면 잔잔하고 아름다운 삶. 바다. 마음이 조급
해질 때 걸었다. 걷고 걸으며 마음을 기다렸다. 쉼표들이 생겨났다.

나도 지금 당신이 본 무지개를 보았어요.

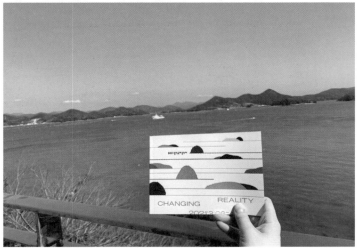

얼마 만의 실연인지! 통영페스티벌오케스트라가 연주하는 하이든의 넬슨 미사(불안한 시대를 위한 미사)를 들으며 나와 너를 위해 기도했다.

통영에서의 풍경이 하나씩 쌓일 때마다 마음 곳간에 쌀을 쟁여 두는 기분이 든다.

봉숫골 오래된 동네를 천천히 걸어 다니며 나의 조급함의 이유가 무엇인지, 정말 내가 바라는 것이 무엇인지 나에게 묻는다.

그르니에는 아침마다 서재를 찾아오는 고양이 물루에게 말한다. '물루야, 나의 불안을
잠재워 다오.' 나도 한마디. 물루야, 나의 불안도 잠재워 다오.

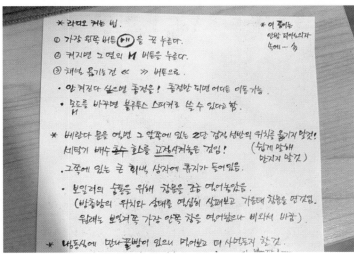

통영에 내려오면 잘 먹고 잘 놀고 잘 잔다. 그러면서 느낀다. 나는 안정감이 있어야 잘 먹고 잘 자는 사람이구나. '봉수아'에 머무는 이도 나와 같기를.

행복한 것보다 좋은 게 좋다. 행복하면 그 행복을 지켜야 하고, 지키지 못하면 불행해질 것 같아 불안해진다. 좋은 건 감당이 된다. 좋으면 좋아서 좋다 말하고 좋다 말하면 더 좋아진다.

2018년 세운상가 서울팩토리에서 처음 시작한 낮술낭독 모임이 어느덧 5년!
2022년 읽기 시작한 프루스트 낭독 모임(일명 '잃어버린' 모임)이 어느덧 4권째!

자폐스펙트럼장애, ADHD와 강박장애를 가진 과학자 카밀라 팡은 말한다.
'실패한 관계에 절망하지 말 것. 대신 거기에서 배우라. 당신의 다름을 악마 취급하지
마라. 당신의 타고난 초능력을 이용하라. 자신이라는 존재에 대해 사과하지 말 것.'
나는 이 말도 덧붙이고 싶다. 자신과 잘 놀 것.